Tucholsky Wagner Zola Scott Sydow Schlegel
Turgenev Wallace Fonatne Freud
Twain Walther von der Vogelweide Fouqué Friedrich II. von Preußen
Weber Freiligrath Frey
Fechner Fichte Weiße Rose von Fallersleben Kant Ernst Frommel
Richthofen
Hölderlin
Fehrs Engels Fielding Eichendorff Tacitus Dumas
Faber Flaubert
Maximilian I. von Habsburg Fock Eliasberg Zweig Ebner Eschenbach
Feuerbach Eliot Vergil
Ewald
Goethe Elisabeth von Österreich London
Mendelssohn Balzac Shakespeare Dostojewski Ganghofer
Trackl Lichtenberg Rathenau Doyle Gjellerup
Stevenson Hambruch
Mommsen Tolstoi Lenz Hanrieder Droste-Hülshoff
Thoma
Dach Verne von Arnim Hägele Hauff Humboldt
Reuter Rousseau Hagen Hauptmann Gautier
Karrillon Garschin
Defoe Baudelaire
Damaschke Descartes Hebbel
Hegel Kussmaul Herder
Wolfram von Eschenbach Schopenhauer
Darwin Dickens Rilke George
Bronner Melville Grimm Jerome
Campe Horváth Aristoteles Bebel Proust
Bismarck Vigny Barlach Voltaire Federer Herodot
Gengenbach Heine
Storm Casanova Tersteegen Grillparzer Georgy
Chamberlain Lessing Langbein Gilm
Brentano Gryphius
Strachwitz Claudius Schiller Lafontaine
Kralik Iffland Sokrates
Katharina II. von Rußland Bellamy Schilling
Gerstäcker Raabe Gibbon Tschechow
Löns Hesse Hoffmann Gogol Wilde Vulpius
Luther Heym Hofmannsthal Gleim
Klee Hölty Morgenstern
Roth Heyse Klopstock Goedicke
Luxemburg Puschkin Homer Kleist
La Roche Mörike
Machiavelli Horaz Musil
Navarra Aurel Musset Kierkegaard Kraft Kraus
Lamprecht Kind Hugo Moltke
Nestroy Marie de France Kirchhoff
Laotse Ipsen Liebknecht
Nietzsche Nansen Ringelnatz
Marx Lassalle Gorki
von Ossietzky Klett Leibniz
May vom Stein Lawrence Irving
Petalozzi Knigge
Platon Pückler Michelangelo Kafka
Sachs Poe Kock
Liebermann Korolenko
de Sade Praetorius Mistral Zetkin

Der Verlag tredition aus Hamburg veröffentlicht in der Reihe **TREDITION CLASSICS** Werke aus mehr als zwei Jahrtausenden. Diese waren zu einem Großteil vergriffen oder nur noch antiquarisch erhältlich.

Symbolfigur für **TREDITION CLASSICS** ist Johannes Gutenberg (1400 — 1468), der Erfinder des Buchdrucks mit Metalllettern und der Druckerpresse.

Mit der Buchreihe **TREDITION CLASSICS** verfolgt tredition das Ziel, tausende Klassiker der Weltliteratur verschiedener Sprachen wieder als gedruckte Bücher aufzulegen – und das weltweit!

Die Buchreihe dient zur Bewahrung der Literatur und Förderung der Kultur. Sie trägt so dazu bei, dass viele tausend Werke nicht in Vergessenheit geraten.

Die Frau Pfarrerin

Jeremias Gotthelf

Impressum

Autor: Jeremias Gotthelf
Umschlagkonzept: toepferschumann, Berlin

Verlag: tredition GmbH, Hamburg
ISBN: 978-3-8424-0522-6
Printed in Germany

Ziel der TREDITION CLASSICS ist es, tausende deutsch- und
fremdsprachige Klassiker wieder in Buchform verfügbar zu
machen. Die Werke wurden eingescannt und digitalisiert. Dadurch
können etwaige Fehler nicht komplett ausgeschlossen werden.
Unsere Kooperationspartner und wir von tredition versuchen, die
Werke bestmöglich zu bearbeiten. Sollten Sie trotzdem einen Fehler
finden, bitten wir diesen zu entschuldigen. Die Rechtschreibung der
Originalausgabe wurde unverändert übernommen. Daher können
sich hinsichtlich der Schreibweise Widersprüche zu der heutigen
Rechtschreibung ergeben.

Jeremias Gotthelf

Die Frau Pfarrerin

Erzählung (1854)

Eine Hauptsache für jeden Menschen, welche bei weitem nicht genug beachtet wird, ist, zu wissen immerdar, was für Zeit es sei. Wer die Sache kurz nimmt, wird die Nase rümpfen und sagen, schwer sei das nicht, wenn man eine Uhr habe, und so wichtig sei es auch nicht, habe man ja doch eben die kürzeste Zeit, wenn man vergesse, was für Zeit es sei; wenn man nur die Eßglocke nicht überhöre, selb sei allerdings fatal. Der Ausdruck hat aber eine weitere Bedeutung, wie die meisten wissen, und diese werden die Wichtigkeit dieser Kenntnis zugeben und zum Kalender raten, der zur gründlichsten und umfassendsten Kenntnis der Zeit verhelfe. Der zeige, wenn Neu und Wedel sei, und die Zeichen alle, wenn Haarschneiden gut sei und bschütten und Bohnen setzen und zAcker fahren und den Hühnern die Flügel beschneiden, daß der Habicht sie nicht nehme, und Weizen säen, daß die Spatzen ihn nicht fressen, wenn es regnen, wenn es winden werde, wann man daheim zu bleiben habe, wenn man nicht vernagelt sein wolle. Ja darin könne man sogar sehen, wann es heilige Zeit sei, absonderlich heilige Sonntage, was zu wissen Bäckern und Kommandanten absonderlich not täte, den ersten, damit sie nicht das Nachtmahlbrot zu backen vergäßen, den andern, damit sie wüßten, wann sie, allen Bärenwirten zTrotz, nicht tanzen lassen sollten, sondern sie und ihre Offiziere samt Soldaten sich anständig aufführen.

Den Pfiffigsten wird diese Auskunft nicht genügen, sie werden sagen, um die Zeit, über die man Auskunft in den Kalendern finde, gäbten sie wenig, aber pfiffig werden sie sagen, die rechte Zeit und die wichtigste hätte ihre eigenen Organe, aus denen lerne man sie kennen, und das seien die Zeitungen. O nein, der Meinung sind wir nicht. »Da ich noch ein Kind war, da redete ich wie ein Kind«, sagt der Apostel Paulus, »jetzt sehen wir wie durch einen Spiegel in einem Rätsel.« Da sieht man nicht einmal, wann Kaffee kaufen gut oder Korn verkaufen, nicht, ob man einen Stock zum Spazieren mitnehmen soll oder einen Regenschirm; da sieht man bloß eines, daß leicht man zum Toren wird, wenn man sich für einen Weisen hält, daß man oft Torheit findet, wo man Weisheit gesucht.

Der Kalender, welcher uns immer am besten gefiel, am sichersten anzugeben schien, was für Zeit es sei, ist der Markt eines bedeutenden Ortes, auf welchem dessen Bevölkerung sich mit Lebensmitteln versieht. So auf einem Markte von allerlei, vom obern Tore bis zum untern Tore, was man da nicht alles sieht, und wie die Zeit von dannen rennt, und was man nicht alles für Leute kennt! Wenn es Winter ist, das merkt auch der Dümmste, an der eigenen roten Nase erstlich und an den Nasen der Marktweiber, an ihrem Wärmapparat verschiedener Art, am kurzen Märkten und raschen Laufen der Kaufenden, am Mangel eleganter Damen, ausgenommen ums Neujahr herum, wenn sie den fetten Gänsen, guten Enten, anderem Wildbret und sonstigen Leckerbissen nachstreifen.

Daneben ist der Markt nicht uninteressant, er enthält die ausgepackten Vorratskammern der Umgegend: im Herbste das Eingekellerte, Eingesetzte von allen Sorten, welches nach dem Neujahr immer mehr zusammenschmort, wenigstens an Frische verliert, bis nach und nach die Gewächse aus Treibhäusern und Couches auftauchen, Rübchen wie Nädelchen und Salatstäudchen, die durch das Vergrößerungsglas sichtbar werden, Spinat mit den schnellen Beinchen, die sich nirgends ordentlich stillehalten wollen; zu Zuckererbsen und Bohnen gelangt man bei uns trotz aller List und aller Müh erst viel später. Dann kommt, was unterm Schnee verborgen lag, das Nüßlikraut, die Rabünzli, das Säukraut usw.; da kömmt die Köchin Markttag um Markttag mit was Neuem heim, wo man nicht darauf zu achten hat, ob das Gemüse sechs Kreuzer oder sechs Batzen kostet, und mit dem Beisatz: »Lueget, Frau, kum es Hämpfeli, und sollte drei Batzen kosten, und zNot konnte ich einen Kreuzer abmärten!« An Orten, wo es knapper geht und die Kreuzer gewogen werden, kömmt die Köchin bloß mit Berichten: »Es wär wohl öppes anders dagsi, es klein Körbchen mit Rabünzli, aber gar Hagels tür, das ganze Körbli für sieben Batzen, und wir hätten nicht für einmal genug gehabt, Ihr hättet mir ein schön Gesicht gemacht, wenn ich damit heimgekommen wäre.« »Es ist fatal«, sagt dann die Frau, »der Herr grännet afange [schneidet Gesichter] über alle Winterkööch und wott doch dann nicht ausrücken mit dem Geld, er begreift nicht, daß, wenn man zuerst von einer Sache haben will, man es doppelt so teuer zahlen muß als einige Wochen später.« »Ja, geht mir mit den Herren, es hat in Gottes Name keiner mehr Verstand einer Kleblaus groß. Da ist ihnen daheim nichts wohlfeil genug und nichts gut genug; da sollte man ihnen daheim für ein Fränkli für die ganze Haushaltung kochen so gut, als sie für sich allein kaum halb genug kriegen um dieses Geld.«

Nun wird es recht kurzweilig auf dem Markte, jeden Tag was Neues, namentlich, sobald die Temperatur es erlaubt, auch Blumen und Blumenstöcke. Erst hier auf den Steinen sieht man die Entfaltung der Natur in ihrer Mannigfaltigkeit und ihrem Reichtume so recht augenscheinlich. Es kommen die ersten Erdbeeren aus sonnigen Rainen, die ersten Kirschen von Basel her, die Bohnen aus dem Wistelach, die Erbsen von den Halden um die Stadt, und ein Birnbaum nach dem andern sendet seinen Segen, bis ein kühn Weib mit den ersten Erdäpfeln kommt, unbekümmert darum, wie manchem Stadtherren es Bauchweh kramet. »Warum frißt er, wenn es ihm nicht wohlmacht!« würde es auf daherige Vorwürfe sagen.

Je mehr das Neue überhandnimmt, desto seltener wird das Alte, desto mehr sticht es gegen das Neue ab, die eingeschrumpften Erdäpfel, die eingefallenen Äpfel, die runzlichten Birnen, aber nicht desto minder wert sind sie, oft stehn im Preise sie viel höher als das verdächtige Neue, von dem man so recht nicht weiß, taugt es etwas oder nichts; denn begreiflich kömmt es am Ende denn doch darauf an, nicht ob eine Sache jung ist oder nicht, sondern kann man sie brauchen oder nicht. Je mehr das Alte schwindet, hie und da nur noch ein Halbdutzend Äpfel in die Ecken eines Korbes sich schmiegen, desto massenhafter rückt das Neue an, die Köpfe der Marktweiber reichen nicht mehr aus als Transportmittel, da müssen Wagen und Pferde her, und hochgetürmt ziehen Kabisköpfe ein, füllen Plätze aus, machen den Strohköpfen in der Stadt den Rang streitig, selbst jetzt noch, wo sich dieselben doch durch so viele Eidgenossen verstärkt haben. Jetzt legt das Jahr die Proben ab über den empfangenen Segen. Man kann es von weitem sehen, ob die Käufer um einen Wagen sich drängen oder, wir möchten fast sagen, die Wagen um die Käufer; und kömmt man näher, so empfindet man den richtigen Standpunkt ganz bestimmt an den Wistelachern; sind die zärtlich, dann aufgepaßt, dann haben die Zwiebeln, Gurken und andere Herrlichkeiten in Hülle und Fülle, mehr als ihnen lieb ist; sind sie aber noch gröber als sonst, dann zugegriffen ohne Komplimente!

Aber nicht bloß die Verschiedenheit der Jahre merkt man; wer fünfzig Jahre gelebt hat, merkt um diese Zeit besonders einen gar mächtigen Unterschied zwischen ehedem und jetzt. Ehedem ging es um diese Zeit bis gegen Weihnacht viel lebhafter, wir möchten fast sagen, wilder zu: da kellerte man noch ein, machte Vorräte auf den Winter, machte Kabis ein, metzgete sogar. Seit aber die baumwollenen Hemdchen aufgekommen sind, welche man gemacht kauft, weil Weib und Töchtern keine mehr nähen können, seitdem macht man nicht Kabis ein, metzget man nicht, beides stinkt und macht Mühe, man kellert auch weder Äpfel noch Erdäpfel ein, in Vorräten liegt alleweil ein Schaden, totes Geld und Abgang, ein unnötig Geschlepp, und wirklich an vielen Orten nachts nicht mehr so viel Speise, um eine hungrige Maus zu sättigen.

Da sieht man aber eben auch, was für Zeit es ist. Ja noch viel mehr sieht man, wenn man nicht bloß in die Körbe der Verkaufenden, sondern auch in die Gesichter der Käufer sieht: da kann man Betrachtungen anstellen über die Zeit im allgemeinen und die Zeit im besondern, da kann man merken, ob es eine gesegnete oder ungesegnete ist in dieser oder jener Gegend und in diesem oder jenem Hause, wie auf die Üppigkeit die Spärlichkeit folgt, wie der Glust wäre, wenn das Geld noch wäre.

Lustig ists, wie in bestimmten Häusern ein regelmäßiger Wechsel ist wie zwischen Ebbe und Flut, daß man mit Sicherheit aus dem Marktkorbe schließen kann, besonders wenn die Frau selbst noch Einkäufe besorgt, beginnt ein Monat, oder geht er zu Ende. Wenn ein Quartal der Mond wäre, könnte man auf dem Markte an heiterhellen Tagen sehen, in welchem Stadium er wäre, und drei Wochen nach dem Neujahr bis gegen Ostern werden sicherlich auch in den Marktkörben die Fasten sehr merkbar sein. Und wie erst die Leute selbst kommen und verschwinden, mager werden oder fett, avancieren oder verkümmern, es ist merkwürdig! Da trohlet der Stoff zu den interessantesten Lebensbeschreibungen recht eigentlich auf der Gasse herum. Wahrscheinlich werden auch die Herren, welche bedächtigen Schrittes, mit den Händen auf den Rücken, den Augen in allen Körben und in allen Gesichtern, Geschichtsforscher sein, welche, hier auf dem Markte auf- und abwandelnd, Neuperipatetiker, ihre wichtigsten Geschichtsstudien machen oder Figuren in Novellen suchen. Anfangs wird es ihnen gehen wie andern; sie sehen ein buntes Durcheinander ohne besondere Merkmale, ohne eigentümliche Züge. Erst bei längerem Beschauen trittet das Besondere auseinander, und einzelnes macht sich bemerkbar, trittet immer eigentümlicher hervor, so daß, fehlt es einmal im Gemenge, der Beschauer es vermißt und sucht; er hat das Ganze nicht mehr, das Vermißte muß eine Lebensveränderung erlitten haben, welche, nimmt einen wunder.

Doch es gibt nicht Männer nur, welche Anlage haben zur Geschichtsforschung, daherige Studien unwillkürlich machen und sich auf dem Markte auch um die Menschen kümmern und nicht bloß um Rüben und Rabünzli. Wir hatten eine Base, eine kuraschierte Frau mit hellen Augen, raschen Entschlüssen und Urteilen, sie hätte den besten Schützen gegeben: ein Blick und paff, dSach war richtig. Sie kam in ihren Reden, mit denen sie nicht kargte, oft auf ihre Markterfahrungen. Am liebsten redete sie davon, wie sie immer lange vorausgewußt, ob eine Haushaltung verlumpen werde oder nicht. Wenn eine junge Frau alle Erstlinge gekauft, ihr nichts zu teuer gewesen, bei keiner jungen Gans habe vorbeigehen können, so habe sie in der Regel es getroffen, wenn sie gedacht: Kauf du nur, du arms Tröpfli! Es kömmt dir schon anders, wenn du Verstand hast; und hast keinen, je nun, so ists nicht schade um dich, wenn dir auch das Geld ausgeht. Richtig habe ihr keine lange das Beste vor der Nase weggekauft. Sie war unerschöpflich in Geschichten über dieses Thema. Doch sah sie aber auch noch anderes als der Menschen Schwächen, auch das Bessere, Anmutige entging ihr nicht, kurz, selten etwas Bemerkenswertes. Mit besonderer Vorliebe hielt sie folgendes Marktbild fest, aber sie mußte in recht weicher, schöner Stimmung sein, wenn sie es zum besten geben sollte.

»Vor einigen Jahren«, erzählte sie, »traf man jeden Markttag außer bei ganz grundschlechtem Wetter eine ältliche Frau an. Sie fiel weder durch ihre Kleidung auf noch durch ihre Gestalt. Die Kleidung war äußerst einfach, aber ebenso reinlich; sie war von mittlerer Größe, hatte nichts Auffallendes im Gesicht beim bloßen Ansehen, sie fiel mir bloß auf durch die Stetigkeit ihres Daseins, das mir gar nicht notwendig schien, denn sie hatte in der Regel nur ein ganz kleines Körbchen am Arme, kaufte wenig und zuweilen gar nichts. Hatte sie auch ihren Einkauf gemacht, ging sie nicht heim wie andere Frauen, sondern regelmäßig die ganze Straße durch von oben bis unten und bei schönem Wetter, und wenn der Markt so recht viel Neues brachte, hin und her. Unwillkürlich fing ich an, mich zu achten, was sie eigentlich da treibe, und was sie kaufe; im Handel war sie mir nie in Weg gekommen, hatte weder eine Taube noch ein Hähneli mir vorweggeschnappt. Sie kaufte nichts Meisterloses, überhaupt nichts aus dem Tierreich, sondern bloß aus dem Pflanzenreiche und hier auch zumeist das Allerwohlfeilste, und was zum Kochen wenig Feuer brauchte, immer nur für einen Kreuzer, jedoch fast immer etwas Obst; hier und da märtete sie sich eine Blume ein, ein Röschen oder ein Stiefmütterchen, und oft gaben die Weiber eins ungebeten, auch einige Salatblättchen, woraus ich schloß, daß sie ein Vögelchen haben müsse, sonst aber wahrscheinlich alleine haushalte. Ihre Geschäfte wären also in einigen Minuten abgetan gewesen, wenn nicht etwas anderes sie gefesselt hätte; und was das war, sah ich bald, als ich einmal aufmerksam auf sie war.

Es war eine unendliche Freude an den Früchten und Pflanzen selbst, nicht um sie zu essen. Sie freute sich zum Beispiel recht herzlich über den ersten Blumenkohl, aber sie kaufte den ganzen Sommer keinen, wenn er mißraten war und hoch im Preise blieb. Es waren ihr liebe Bekannte, Freunde, Kinder, die in fremden Landen gewesen, weit über Meer, die wieder herkamen und von ihr mit herzlicher Freude bewillkommt wurden. Natürlich war immer das erstemal bei Wiedererscheinen in jedem Jahr die Freude am größten, aber sie verging nicht, loderte bei jedem schönen Stück neu auf, und wenn die Pflanze oder Frucht immer seltener erschien, so ward ihre Freude an ihr um so inniger, fast wie an einem Menschen man sie hat, dem man zuruft: ›Ach, lebst auch noch!‹ den man verloren gegeben und doch noch wiedersieht. So wimmelte der ganze Markt von obenan bis untenaus von lieben Bekannten, die sie ja alle grüßen mußte, und wäre es nur mit einem Blick. Vor allem war es das Obst, welches von den Bäumen kam, welches ihr Augen und Herz gefangenhielt. Den Beeren von den Sträuchern schien sie nicht viel nachzufragen, sie beachtete sie kaum; auch auf den Baselkirschen hielt sie nicht viel, sie seien so wässericht und hätten keinen ordentlichen Geschmack, sagte sie. Nur was auf unsern Bäumen wuchs, fand ordentlich Gnade vor ihren Augen. Über unsere Kirschen freute sie sich sehr; von ihr zuerst vernahm ich, daß auch die Kirschen verschiedene Namen hatten, ich meinte bis dahin, es gebe rote und schwarze und nebenbei noch Weichsel- oder Zahmkirschen. Doch erst bei den Äpfeln und auch Biren ging ihr das rechte Leben auf; mit einem freudigen Ausruf ward jede neue Sorte, welche auf dem Markte erschien, begrüßt. Wenn die neuen erschienen und alte und neue in den Körben lagen, dann war ihr ein Jahr umgegangen, das alte schloß sich, ein neues hatte begonnen, und in neuer Reihe marschierten die alten Sorten auf eine nach der andern, und jede wurde von der Frau mit Namen begrüßt, denn sie kannte alle wie ein Feldmarschall seine Regimenter.

Da sah ich dann auch, wie die Marktweiber die Frau kannten, ihr herbeiriefen, neue Sorten zu zeigen, nach ihrem Namen zu fragen, wie sie ihr von weitem Äpfel in die Höhe hoben, wenn sie wußten, daß sie diese besonders liebte, und sie vielleicht im vergangenen Jahr gefehlt hatten, oder ihr ein halbes Dutzend, welche abgesondert im Korbe lagen, aufdrangen, sagend: ›Nehmt sie nur, nehmt sie! Das werden die einzigen dieser Art sein, welche Ihr dieses Jahr sehet; sie gerieten nirgends. Unter die andern sie zu mischen, wäre schade, und apart sie zu verkaufen, lohnt sich nicht der Mühe. Da dachte ich, ich wolle sie zEhren ziehen und Euch sie bringen, Ihr wüßtet sie am besten zu schätzen, und ich hätte selbst Freude, wenn sie Euch recht gut dünken.‹ Sichtlich mit Freuden, aber erst nach langem Weigern nahm sie die Frau geschenkt. Denn, wie sie auch die Kreuzer abmödelete, hier konnte sie nach ihrer Weise verschwenden, schienen die Kreuzer sie nicht zu reuen, hier kaufte sie nicht immer vom Wohlfeilsten, hier konnte sie wählig sein, kaufte aber oft auch recht Unscheinbares, anfänglich zu meiner Verwunderung, bis ich merkte, daß es besser war als schön.

Es war ein eigener Verband zwischen der Frau und den Weibern und zwar ein recht freundlicher. Durch das Intresse, welches die Frau am Inhalt ihrer Körbe nahm, die Freude, welche sie hatte, wenn sie schöne Produkte sah, ihr sachkundiges Urteil, nützliche Winke aller Art war sie den Weibern wert geworden, ihr Erscheinen tat ihnen wohl, sie freuten sich sicherlich schon daheim darauf, wenn sie was Schönes bringen konnten, sie wechselten gerne einige freundliche Worte mit ihr, das eintönige Markten unterbrechend. Nicht selten geschah es, daß sie zur Schiedsrichterin oder Ratgeberin aufgerufen wurde. Gar manches Dämchen kennt nichts von dem, was es kaufen will, und steht vor den Körben, als wären es lauter Tennstore, steht kummervoll von einem Bein aufs andere, es möchte Äpfel und ist in Seelenangst, man möchte ihm Zwiebeln für Äpfel anhängen, von wegen sie hatte gelesen, das sei einmal irgendwo einer Dame passiert. Und wenn auch die meisten zwischen Zwiebeln und Äpfeln zu unterscheiden wußten, wie manchem Dämchen ist bekannt, welche Äpfel am besten für Kuchen sind, welche am besten für Brei oder Kompott etc.? Nun, da ward meine Frau gar oft von irgendeinem Weibe als Autorität angerufen. ›Die kann am besten sagen, lüge ich, oder lüge ich nicht; die weiß einen Renetten von einem Holzöpfel zu unterscheiden‹, hieß es.

In einem ähnlichen Fall kam ich mit ihr ins Gespräch. Ich wollte ein Quantum zum Einkellern für den Frühling kaufen und werweißete zwischen zwei Wagen; auf beiden priesen zwei Weiber hier Ware an, als hätte jedes die allerbesten Äpfel fast mit menschlichen Tugenden. Da deutete das eine der Weiber auf die eben vorübergehende Frau und sagte: ›Die kann sagen, was ich für Äpfel habe, die kennt sie.‹ Sie gab ganz gefällig Bescheid, daß die Äpfel der andern Frau, für jetzt zu brauchen, passender und besser seien, aber für später wären ihr die Äpfel der Frau, welche sie angerufen, viel lieber.

Von da an wechselten wir öfter einige Worte, aber zu einer eigentlichen Bekanntschaft kam es nicht, wir suchten beide nicht, fragten nicht einmal nach unsern Namen, wenigstens ich nicht.

Da geschah es einmal im Winter, als es recht kalt und glatt, daß sie umfiel auf dem Markte und an Bein und Arm sich übel wirsete. Ob sie bloß ausglitt oder umgerannt wurde, wußte sie später selbst nicht, wahrscheinlich das letztere. Wahrscheinlich ward die Menge durch einen der schrecklichen eidgenössischen Postwagen, vor denen weder Mann noch Maus sicher ist, auseinandergesprengt, und einer, der in Todesangst sein Leben retten wollte, hatte die alte, schwache Frau umgerannt, doch glücklicherweise nicht gegen den dahindonnernden Wagen zu; eidgenössisch überfahren wurde sie nicht. Man lief ihr zu, stellte sie auf die Füße; sie hatte nichts gebrochen, unter großen Schmerzen konnte sie gehen, doch nicht alleine. Zufällig war ich der einzige Mensch in der Nähe, der eine Bekanntschaft mit ihr hatte; ich konnte nicht anders, ich bot ihr meine Begleitung an, sie nahm sie dankbar, doch unter tausend Entschuldigungen an, wie sie zu meiner Zeit noch üblich waren, wo nicht jeder Schlingel meinte, unser Herrgott habe die Welt um seinetwillen erschaffen und ebenfalls das übrige Gesindel, um ihm die Hände unter die Füße zu legen. Dem sagt man jetzt altväterisch, wenn ein Mensch von Herzen für eine Wohltat danket; man sollte sich schämen. Aber was will man, wenn man dem lieben Gott nicht mehr danken will, weil es nichts abtrage, warum soll man Menschen danken?

Es war wirklich aber auch eine große Mühe, die arme Frau, welche unsäglich litt und alle Augenblicke stillestehen mußte, in ihr Quartier zu bringen. Billigermaßen sollte jede eidgenössische Postkutsche verpflichtet sein, hinten aufgeschraubt ein Transportmittel, Sänfte oder Karren, mit sich zu führen, um die hinter ihr liegenbleibenden Toten oder Schwerverwundeten aufzuraffen und in ihre Quartiere zu bringen. Glücklicherweise wohnte die Frau nicht drei Treppen hoch, sondern nur zwei, hintenaus in einem Stübchen gegen ein Höflein, aber von der Sonne beschienen. Im Stübchen war es unbeschreiblich reinlich und heimelig, und, wie ich richtig vermutet, ein Vogel empfing uns mit freundlichem Gezwitscher. ›Du Arms!‹ sagte sie, ›meinst, du bekommst deinen Salat, und habe ich dir keinen.‹

Leidend sank sie auf einen Sessel. ›Du mein Gott! Und jetzt, was fange ich an!‹ Sie war, so gleichsam zu sagen, alleine auf der Welt, hatte niemand als eine Wochenmagd, die einmal des Tages kam, abends um sechs Uhr, um ihr Holz und Wasser zu tragen, alles übrige besorgte sie selbst. Im Hause hatte sie das Stübchen gemietet, mit den übrigen Hausbewohnern hatte sie keine andere Gemeinschaft, als daß man sich grüßte, wenn man einander auf den Treppen begegnete, das will zwar schon was sagen. Ein solches Vereinzeltsein mag zuweilen gehn, aber früher oder später kömmt dann doch die Frage: ›Und jetzt, was?‹ kömmt oft so plötzlich, daß sie einem den Schweiß austreibt.

Damals kam er auch mir und nicht bloß der halb ohnmächtigen Frau. Und jetzt, was? Ich war allein da, die Wochenmagd kam um sechs Uhr, es war zehn Uhr. Wäre ich nur zu Hause gewesen, da hätte ich schon jemanden senden können, aber durfte ich sie alleine lassen? Und wen rufen im wildfremden Hause? Es war nicht einmal ein Glockenzug im Stübchen. Da klopfte es an die Türe, ein lustig Kindergesicht guckte hinein und rief: ›Die Mama schickt mich und läßt fragen, ob sie der Frau Pfarrere mit etwas behülflich sein könne, sie habe gehört, sie sei krank heimgekommen.‹ Das war ein Engelein in der Not, das mit großem Mitleid die arme Frau streichelte, die vor Husten die Antwort nicht fand.

›Könnte die Mama selbst kommen?‹ sagte ich, sah nicht das Kopfschütteln der Kranken, und zur Türe hinaus war das Kind, ehe sie es zu einer Antwort brachte. ›Mein Gott, was denkt Ihr!‹ sagte sie endlich, ›eine so vornehme Frau!‹ Aber ehe sie vollenden konnte, trat diese schon ein, allerdings eine vornehme, aber äußerst liebliche Erscheinung. Mitleidsvoll wandte sie sich zur Frau Pfarrerin, mich grüßte sie kaum, steif und von der Seite. Ich nahms für Hochmut dachte bei mir: ›Sie sind doch alle gleich!‹ später kam ich darüber, daß sie schüchtern war. Weit über dreißig und vornehm, ich wollte es lange nicht glauben, aber es war doch so, sie war schüchtern, wurde leicht verlegen und sogar rot aus einfacher Verlegenheit.

Und jetzt, was machen? Vor allem aus müsse sie ins Bett, wurden wir rätig, dann wolle ich nach meinem Arzte aus. Sie wollte nach dem ihren senden, sagte sie, aber der sei etwas bequem, und wenn er sich einmal eine Tagesordnung gemacht, so weiche er nicht mehr davon ab; und wenn man ihm nachliefe mit der Nachricht, seine Frau wolle sterben, würde er antworten, sie solle warten, er habe noch vier Visiten zu machen; sobald die abgetan, werde er alsbald kommen. Die Dame schickte nicht nach dem Kammermeitli, wie ich erwartet hatte, sondern legte selbst Hand an zur unaussprechlichen Verlegenheit der guten Frau Pfarrerin. ›Aber nein, Frau Landvögtin, aber mein Gott, Frau Oberstin, ich bitte! Ich muß mich ja schämen!‹ Und als sie zum linken Strumpf gekommen war, kostete ihr der fast das Leben. Als die Dame nach dem Fuße griff, um ihn vom Strumpfe zu befreien, rief die Frau Pfarrerin: ›Nei, es hat doch gwüß key Gattig!‹ bückte sich, wollte selbst ziehen, verlor den Halt und wäre beinahe mit dem Gesichte voran unters Bett gefahren. Nun, ich griff noch zu rechter Zeit zu und verhütete den Sturz, aber es geschah so unsanft, daß die gute Frau laut aufschrie und der Tränen sich nicht erwehren konnte. Mit großer Mühe brachten wir sie zu Bette, das so reinlich war, daß die Frau Pfarrerin uns gerne gebeten hätte, uns drei Schritte weit davon entfernt zu halten, wenn die Höflichkeit es ihr erlaubt hätte.

Endlich war sie unter vielen Schmerzen im Bette und hätte nun wenigstens ruhig sein können, wenn die Höflichkeit nicht gewesen wäre. ›Aber mein Gott, was die Frauen Mühe mit mir gehabt, und wie das mich plagt, daß die Frauen da um mich herumstehn, ich ihnen nicht einmal Sessel geben kann, um wenigstens doch zu sitzen!‹ Übrigens, glaube sie, brauche sie uns nicht lästig zu fallen, sie könne wohl alleine sein, bis der Arzt komme, es sei ihr so unendlich leid, daß wir ihretwegen so Mühe hätten. ›Ich glaube nicht, daß es so böse ist‹, sagte ich; ›geschunden und gequetscht indessen seid Ihr brav, und das ist manchmal schon genug. Jetzt will ich um den Arzt aus, hernach komm ich bald wieder.‹ Die Frau Landvögtin übernahm die Wache und tat noch mehr. Sobald ich fort war, rief sie Lisette, ihr Kammermädchen, und machte mit ihr kalte Aufschläge, gab der guten Frau, die zu fiebern begann, zu trinken.

Ich fand den Arzt rasch, und alsbald ließ er sich von mir dirigieren. Er fand die Verletzung an sich unbedeutend, dagegen die Erschütterung und der Schreck in solchem Alter bedenklich, daher er nichts sagen könne, man müsse zuwarten, es werde sich jedenfalls bald zeigen; die Hauptsache sei Ruhe und gute Abwart. Oh, Ruhe hätte sie, sagte die Frau, und wenn sie wisse, was machen, und es ihr nicht böse, so könne sie schon machen, was sie nötig habe. Da erklärte die Frau Landvögtin dem Arzt, sie meine, sie könne es mit der Wochenmagd machen, die im Tage nur einmal komme. ›Das werdet Ihr bald merken, daß es nicht geht; nein, dafür muß anders gesorgt werden.‹ Nun machte er ihr den Vorschlag, sie in den Spital transportieren zu lassen, wo alle Burger unentgeltlich aufgenommen und verpflegt wurden, sobald sie krank wurden. Er sei Arzt dort, sagte er, und besser als dort sei sie nirgends aufgehoben, das verspreche er ihr. Das könne sie nicht, sagte die Frau zu der andern großer Verwunderung, in ein so großes Haus, ein so großes Wesen hinein dürfe sie nicht. In einem großen Saale könnte sie nicht krank sein, da hätte man ja Tag und Nacht weder Ruhe noch Schlaf; krank sein könne man nur in einem kleinen Stübchen. Man redete ihr warm zu, dieses Vorurteil fahren zu lassen, in einem Tag sei sie an den Saal gewöhnt, und was sie wünsche, habe sie alsbald. Sogar Lisette mischte sich ein, und feine Ohren hätten bemerkt, daß ihre Stimme am schärfsten tönte. Wahrscheinlich fürchtete sie, bei der Güte ihrer Herrin mit der Frau vielfach belästigt zu werden.

Die gute Frau Pfarrerin fühlte gar wohl, daß dieses Weigern als eine kindische Meisterlosigkeit vorkommen mußte, sie kam in sichtbare Angst. Da sagte die Frau Landvögtin: ›Nein, meine liebe Pfarrerin, seid nur ruhig, es ist dann nicht, daß dieses absolut sein muß. Ich begreife gar wohl, daß man lieber alleine krank ist als unter einem Dutzend, wo, wenn einer schlafen möchte, ein anderer hustet. Ich hätte es ganz auch so. Eine gute Abwart wird sich wohl finden.‹ ›O ja‹, sagte Lisette, ›fürs Geld sind immer Leute zu haben, die gerne etwas verdienen möchten.‹ ›Lisette‹, sagte die Frau Landvögtin, ›geht doch hinauf und seht, ob die Köchin vom Markt zurück ist; und ist sie noch nicht heim, so bschließt das Vestibül, der Herr ist auch ausgegangen. Es ist ein Strolchenvolk in der Stadt, man ist nirgends mehr sicher.‹ ›Ihr werdet doch denken‹, sagte die Frau Pfarrere, ›für eine arme alte Frau tue ich dumm; es ist so, ich will gerne meine Schwachheit bekennen. Auf dem Erdboden habe ich nichts Lebendiges mehr, das mich liebt, als mein Vögelein und, ich möchte fast auch sagen, meine Blumenstöckli. Was sollte aus dem armen Vögeli werden, wenn ich in Spital müßte? Es würde wohl jemand ihm zu fressen geben, aber lieb hätte es niemand, und niemanden könnte es seine Liebe erzeigen. Es würde vor Längizyti nicht fressen, und ich könnte nicht schlafen. Herr Doktor, wenn es z'mache ist, ich halte an, was anzuhalten ist, so laßt mich hier! Ganz ohne Geld bin ich nicht, ich habe auch ein Sparhäfeli, nicht ein großes, aber doch dachte ich auch an die bösen Tage.‹

Der Arzt war nicht einer von denen, die nicht eintreten können, nicht fühlen, was andere fühlen, böse werden, wenn man sich ihnen nicht ohne Widerrede unterwirft, aber spotten tat er gerne und sehr oft, um seine Weichheit dahinter zu verbergen. ›Ja, wenn es so ist, Frau Pfarrerin, so sage ich kein Wort mehr. Ein solcher Grüsel bin ich denn doch nicht, daß ich eine solche Liebe stören möchte. Wenn nur Frau X. da wäre!‹ – er meinte mich -, ›die hat ihre Nase an allen Orten und kennt alle Leute, die wüßte uns sicher eine Abwarte, die paßte.‹

›Danke für das Zutrauen, Herr Doktor!‹ sagte ich, da ich längst eingetreten war, aber eben nicht nötig fand, mich kundzugeben; ›aber Ihr habt recht, ich weiß zwei für eine, es frägt sich nur, welche eben zu haben ist.‹ Die Frau Landvögtin ward verlegen, aber der Doktor nicht. ›Da weiß ich jetzt my Seel nicht, welches Sprüchwort ich anwenden soll, ob das vom Horcher oder das vom Wolf. Aber sei es das eine oder das andere, so ists gut, daß Ihr Rat wißt.‹ Es sei ihr so leid, daß sie uns so Mühe mache, sagte die Frau Pfarrerin, wir seien viel zu gut; aber wenn der Herr Doktor meine, sie müsse im Bette bleiben, so sei sie dankbar, wenn man für eine sorgen wolle. Ihr Ruhbett sei ein Kastenruhbett, so daß sie kommen könne, wann sie könne, Gscheer gebe es nicht.

So ward die Sache abgeredet. Ich machte mich nach der Abwärterin auf, welche beim Arzt die näheren Instruktionen zu holen hatte. Die Frau Landvögtin übernahm die einstweilige Überwachung.

So hatte ein sogenannter Zufall Personen zusammengewürfelt und in Verbindung gebracht, die sonst nie in Berührung gekommen wären; um freundliche Erinnerungen wäre mein Leben ärmer geblieben, um Vorurteile reicher. Wie vieles in der Nähe ganz anders sich macht als in der Ferne, man glaubt es gar nicht. Es gibt Verhältnisse, Lebenslagen, sie schimmern weithin, dort wohne, sollte man glauben, das leibhaftige Glück, nach dem Mitgenusse seufzen lüsterne Seelen. Und wären sie dort, säßen sie mittendrin, sie würden erschreckt die Augen aufreißen, würden meinen, sie seien verirrt, ans unrechte Ort geraten, würden nicht rasten, nicht ruhen, bis sie wieder heraus wären aus der Pein, die ihnen von ferne wie ein Vorhof der Seligkeit vorgekommen.

Und wie es mit den Verhältnissen so oft der Fall ist, geht es auch mit Menschen. Menschen, von ferne die liebenswürdigsten, werden nicht selten in der Nähe die widerwärtigsten. ›Als wir noch nicht verheiratet waren, dünkte mich immer, ich müsse meine Braut fressen, und jetzt bin ich so reuig, tat ich es damals nicht‹, seufzte ein beschwerter Ehemann. Umgekehrt geht es aber ebensooft. Lagen, von denen man sich versicherte, man möchte nicht gemalt darin sein, können sehr angenehm und heimelig werden. Menschen, von denen man sagte, sie hätten rechte Längizytigsichter, bei denen hielte man es nicht aus, ›gut Lüt, gut Lüt, i Gotts Name, aber längwylig vom Tüfel!‹ und gerade diese Leute können uns recht lieb werden, ja sich eigentlich einnisten in unser Leben, daß, wenn sie uns genommen werden, eine rechte Lücke entsteht in unserem Dasein, die lange sich nicht füllen will. Sie haben halt das meiste und Beste nicht auf dem Gesicht, sondern tiefer innen.

Eine ähnliche Erfahrung sollte ich jetzt machen. Wer mir gesagt hätte, es würde mir zwischen einer alten Pfarrfrau und einer eleganten und vornehmen Frau Landvögtin recht wohl und heimelig, ja absonderlich wohl und heimelig werden, den hätte ich sehr ausgelacht, und doch ging es mir jetzt so. Freilich wäre es nicht allen so gegangen, ja vielen nicht und gerade den Tonangebern, Ausschließlichen, der Creme der Gesellschaft nicht. Es gibt Leute, welche über alles, was nicht nach ihrem Salon oder ihrem Kaffeehaus riecht, die Nase rümpfen, für nichts Intresse haben und unendlich langweilig finden, was nicht in diesen Kreisen besprochen wird. Diese Leute halten sich für sehr fein gebildet und sind es eben nicht, sondern äußerst borniert, grusam beschränkt, denn nur in einem ganz kleinen Gebiete des Menschenlebens sind sie einigermaßen bekannt. Und so einer kann unter sinnigem Grännen und schrecklichem Aufblick gen Himmel sagen, die dummen Leute, die könne er gar nicht leiden. Wen heißt er dumm, und können nicht mit dem gleichen Rechte andere ihn den Allerdümmsten beizählen? Das ›dumm‹ ist ein gar seltsam Wort, es gleicht gar oft dem Stein, der den Schleuderer selbst ins Gesicht schlägt.

Die Folgen des Unfalls waren ganz andere, als die gute Frau sie sich anfangs gedacht. Es ist mit dem menschlichen Körper fast wie mit Wein, den man in Flaschen gezogen, jahrelang unberührt liegengelassen, so daß er sich auf das feinste abgeklärt, goldgelb herrlich leuchtet. Werft die Flasche unbedacht hin und her, so mischt sich die Unreinigkeit, die sich abgesondert hat, mit dem Reinen wieder und trübt es dergestalt, daß man den Wein lange nicht wieder hell kriegt, daß es fast ein anderer Wein geworden zu sein scheint. Ähnlich ist es mit dem menschlichen Körper. Laßt einen ältlichen Menschen, der jahrelang ein einförmig, stilles Leben geführt, von einem Unfall betroffen werden, durch einen Beinbruch zum Beispiel oder ja auch durch einen wenn auch indirekten Mupf von einem eidgenössischen Postwagen, so daß der Körper erschüttert wird, die Lebensweise geändert werden muß, so trittet so gerne eine Hinfälligkeit hervor, die man gar nicht geahndet; der Schaden wird zur Nebensach, die Kränklichkeit nimmt eine ganz andere Gestalt an, geht nicht selten endlich in Tod über. Die gute Frau Pfarrerin hatte gehofft, wenn nicht noch in selber Woche, so doch in der nächsten Woche aufstehen, Steg und Weg wieder brauchen zu können; aber sie täuschte sich schwer, täuschte sich von Woche zu Woche, und wenn auch mit Seufzen, nahm sie doch die Täuschungen ergeben hin. Die Schäden wollten nicht recht heilen, die verstrauchten Glieder sich nicht kräftigen, und allmählich schlich eine allgemeine Schwäche sich ein. Der Arzt tat sein möglichstes, nahm aber nach und nach ein fatales Kopfschütteln an. Die Abwart war gut, ich hatte es glücklich getroffen; sie erfüllte nicht bloß ihre Pflichten treu, sondern sie liebte die Kranke, die so geduldig litt, nie befahl, sondern so freundlich um das Nötige bat und wenn möglich jedes Schläfchen schonte.

Indessen konnte die Abwart nicht ihre ganze Zeit der Frau Pfarrerin widmen, sie hatte noch andere Verbindlichkeiten, welche sie nicht lösen durfte. Sie mußte Sorge tragen zu ihren Leuten trotz allem Kredit, in welchem sie jetzt stund, von wegen man kann nie wissen, was es geben kann. Das ist eine Vorsicht, gut für alle, und manchem käme es wohl, er hätte sie beobachtet, und zwar manchem nicht nur in den obersten, sondern auch in den untersten Ständen. Ja, Ratsherren per Exempel brauchen noch oft Vorsicht, aber so manches Stüdi, das einmal zu einem Platz gekommen, wo man zweimal in der Woche frisch kocht, und nun meint, von da aus liefen die Wege zu allen Herrlichkeiten der Welt unfehlbar, und unbekümmert um Gott und Menschen könne es Schüsseln und Kacheln himmeldonnern an den Wänden herum, das mache alles nichts, ihm fehlten die besten Plätze nicht, wenn es einmal einen Mocken abdämpfen und saure Leber anbrühen könne, läßt sich nicht träumen, daß es im nächsten Jahr sechs Monate ohne Sohle an den Schuhen werde Meister suchen müssen, keinen Tag wissend, wo es am Abend sein Haupt zur Ruhe werde legen können,

Eine Wochenmagd oder auch Abwart hat gar ein zufälliges Einkommen, weil keine bleibende Anstellung; Empfehlungen machen da die Hauptsache, und um die kommt man so leicht. Man braucht nur an einem Orte uneben zu trappen, so ist die Gnade verwirket. ›Das ist e Madame!‹ heißt es, ›wohl, da läßt sich luegen, daß man die Majestät nicht verletzt; die möchte ich um keinen Preis mehr und rekommandieren keinem Menschen.‹ Unsere Abwart hatte sich also einige Zeit vorbehalten, mußte zudem auch für die Frau Pfarrerin Verrichtungen machen, so daß sie alleine war in diesen Zwischenräumen. Wir ordneten die Zeit so, daß diese Zwischenräume des Alleinseins ganz klein wurden oder ganz verschwanden. Ich muß sagen, die Frau Landvögtin tat da das Beste und nicht bloß durch Lisette oder eine andere Stellvertreterin, sondern wenn möglich in eigener Person. Ja, wenn sie auch wußte, ich war da, so kam sie doch noch zuweilen mit der Arbeit und half die Zeit vertreiben. Und wenn jemand sagte: ›Die Frau Landvögtin ist aber fleißig, man sollte meinen, wie nötig sie es hätte, man muß sich schämen‹, antwortete sie: ›Bin es gewohnt von Jugend auf; meiner Mutter hätte jemand müßig sein sollen! Die sagte, jede anständige Bernerfrau arbeite, nume Güschigut und junge Gäxnäseni täten nichts.‹

Was uns am meisten auffiel, war eine Verlassenheit oder Vereinzelung, wie sie wohl selten vorkommen wird. Sie fragte, schickte nach niemanden, niemand fragte nach ihr. Nur ihr Vögelein zwitscherte, bis es zu ihr konnte, und nur die Blättchen schienen ihm recht zu schmecken, die es von ihr bekam, oder die sie zwischen die Stäbe steckte. Auch des Marktes muß ich gedenken, wo ihr Ausbleiben natürlich den Marktweibern auffiel. Großes Bedauern erweckten die Folgen des Unfalles; hier eine Frau, dort eine ließ sie grüßen, ihr sagen, sie solle doch ja machen, daß sie bald wieder komme, man habe recht Langeweile nach ihr. Hier eine, dort eine gab mir eine Blume, einen Apfel für sie mit dem Bedeuten, man habe den expreß für sie mitgebracht, weil man sich erinnere von früher her, wie sie Wohlgefallen daran gehabt. Ein Weib gab dem andern das Beispiel, daß, wenn ich alles hätte annehmen wollen, ich eine eigene Magd hätte mitnehmen müssen, freilich kaum für lange, so was ist selten anhaltend bei den Weibern. Aber ich bat, es nicht zu gut zu machen auf einmal, wie wollte sie das alles brauchen, da sie alleine sei; aber jeweilen ein Zeichen werde sie sehr freuen, die arme Frau, welche es kaum lange mehr machen werde. Nun trug ich denn allemal etwas heim, und ward es mir zuviel, so schob ich es zurück aufs nächste Mal. Mein Trägerlohn aber war ein reicher. Ach, was die gute Frau Pfarrerin sich freute über die Gaben und über die Weiber, daß sie ihrer gedächten, und daß die Äpfel so schön geraten, sie ward jedesmal glücklich bis zu Tränen. Solch ein kindlich Gemüt kam mir in meinem Leben nie vor. Aber was solch ein Gemüt für ein Schatz ist, begreift die Welt nicht, es ist auch ein Gut, das über allen Verstand geht, so gut als der Friede Gottes. Das sogenannte Glück, nach dem alle jagen, ist außerhalb den Grenzen der beiden nicht möglich, ist nichts als ein trügerisches Wesen oder ein garstig Gespenst.

Daß wir nach Verwandten, Bekannten fragten, denen man vielleicht etwas wissen lassen könnte, wird jedermann begreiflich finden. Doch durften wir es nur leise, unbemerkt tun, sie hätte sonst geglaubt, es sei nur, um ihnen unsere Last zuzuschieben. Aber sie antwortete immer, sie hätte niemand als den Waisenvogt ihrer Zunft, den sie kenne, und den sie einstweilen ruhig lassen wolle, solange es möglich sei. Er meine es nicht bös, aber er sei ein grober Polteri, trete in nichts ein, und wenn man nicht alles mache exakt, wie er befehle, so behandle er einen ärger als eine Magd oder gar, als ob eigentlich Leben und Sterben nur von seiner Gnade abhingen. Sie schlotterte ordentlich, die gute Frau, wenn sie von ihm sprach. Wie schlotterte sie aber erst, als sie vernahm, daß derselbe mein Vetter sei! Ich hatte die größte Mühe, sie zu beruhigen und ihr begreiflich zu machen, daß ich durchaus nicht beleidigt sei. Der Vetter sei mir zwar lieb, aber ich kenne ihn zu gut, um es übelnehmen zu können, wenn jemand über seine Schwächen lache oder sich beschwere. Es war ein Mann, wie man zu sagen pflegt, von altem Schrot und Korn, ehrlich und tüchtig bis ins innerste Mark hinein und dazu in Privatgeschäften mild und angenehm, doch ganz anders, sobald er auf den amtlichen Boden kam: da kam er wie auf den Wolken der Majestät, Majestätsverbrechen waren ihm Widerspruch und Einrede, da ward er rücksichtslos und streng, schien hart und hochmütig. So mußte ihn die arme Frau erfahren haben, es nahm mich wunder, wie.

Überhaupt drängte es mich, den Umhang vor ihrer Vergangenheit aufzuheben, um zu erfahren, wie es gekommen, daß sie so eigentümlich geblieben oder geworden. Aber nicht bloß ich war gwunderig, der Frau Landvögtin ging es akkurat gleich wie mir. Als ich einmal des Nachmittags zu ihr wollte, traf ich auf der Treppe die Frau Landvögtin an. ›Sagt mir doch‹, redete diese mich an, ›wisset Ihr nichts vom Leben unserer Frau Pfarrerin? Es nimmt mich zTod wunder; sie sitzt sorgfältiger darauf als eine Gluggere auf ihren Eiern und möchte nicht das Geringste merken lassen, und gerade deswegen nimmt es mich so wunder.‹ Gerade gleich geht es mir, sagte ich. Nun, wißt was, Ihr seid eine so resolute Frau, so stecht sie diesen Nachmittag geradezu an! Es ist absurd Wetter, so gerade recht, daß man nicht gestört wird und besonders geneigt ist, etwas zu hören. Sie ist so eine Gute, daß sie es nicht abschlagen darf, und was wir zu hören bekommen, bringen wir ihr nicht aus, wir dürfen es also wohl wagen. So war es mir gerade auch, und sobald die Frau Landvögtin, die noch einen kleinen Ausgang gemacht, sich gesädelt hatte und die Lismete im Gang waren, fragte ich: ›Was hättet Ihr gesagt, Frau Pfarrere, wenn ich meinen Vetter heraufgebracht hätte? Ich traf ihn fast vor der Haustüre an und hatte gute Lust, ihm zu sagen, er sei ein sauberer Vogt und kümmere sich schlecht genug um seine Anvertrauten; was der wohl für ein Gesicht gemacht hätte!‹ Meine kleine Bosheit hätte ich bald bereut der Angst wegen, in welche die arme Frau geriet. ›Mein Gott, nur das nicht!‹ rief sie, ›ich glaube, der Schlag rührte mich, Gott behüte mich davor‹, rief sie, ›wenn ich ihn plötzlich unter der Türe sehen würde. Wohl, der würde mir schöne Sachen sagen, daß ich mich nicht habe krank melden lassen bei ihm und nicht in den Spital gegangen, er ließe mich noch jetzt auf der Stelle transportieren.‹

Nachdem wir sie bestens beruhigt, fuhr ich fort und bat sie, uns zu erzählen, warum sie den guten Waisenvogt so fürchte, uns überhaupt unsern Gwunder zu stillen und uns von ihrem vergangenen Leben zu erzählen, wir wüßten ja gar nichts von ihr als den Namen, und in Bern sei es bräuchlich, daß man nicht bloß diesen, sondern auch die Herkunft eines Menschen, wenigstens bis zu Großvater und Großmutter hinauf, genau wisse, sonst bleibe ein Mensch immer verdächtig. Sie entschuldigte sich anfänglich mit dem Nichts ihrer Geschichte. ›Mein Gott, was wollte ich erzählen‹, sagte sie,

›was wollte einem so unbedeutenden Menschenkinde, wie ich bin, Merkwürdiges begegnet sein! Ihr würdet einschlafen darob.‹ Als wir ihr sagten, schon das sei merkwürdig, daß sie hier niemand kenne und dahergekommen scheine fast als wie vom Himmel herab, sagte sie: ›Das ist ganz natürlich, ich bin darum nicht von hier, sondern...‹, und somit kam sie in ihre Geschichte hinein, und als sie einmal im Zug war, vergaß sie die Bedenken.

›Als ich jung war, dachte ich nicht daran, daß ich je Burgerin von Bern werden würde, doch, um Vergebung, es ist nicht alles Gold, was glänzt. Ich bin aus einem der kleinen Städtchen, wo, wie das Sprichwort sagt, man am obern Tore einen Schoppen Nidle ausleeren und am untern Tore wieder auffangen kann, ohne einen Tropfen zu verlieren. Dort war mein Vater Torwärter und hatte zugleich die Stadtuhr zu überwachen und zu sorgen, daß immerdar zur rechter Zeit Mittag sei. Es war ein wichtiger Posten, aber auch ein beschwerlicher. Die Uhr war alt, stund daher gerne still, und merkte das mein Vater nicht alsbald, so kam die Frau Burgemeisterin oder Frau Burgerschreiberin oder eine andere Frau vom hohen Adel des Städtchens dahergelaufen und machten meinen Vater und später mir den Marsch und drohten, wenn man dsZeit nicht besser besorge, gebe es ander Wetter. Unter dem Tore hatte mein Vater ein Lädeli angebracht zum Verdienst und Zeitvertreib, wo man das beste Schwefelholz fand, denn mein Vater machte es selbst, doch hielt er es soviel möglich geheim. Nebenbei waren noch andere wichtige Sachen zu haben, Tabak zum Beispiel und oft auch Kaffee, im Winter Nüsse und Kastanien. Mein Vater war Witwer, hatte keine Kinder als mich, und eine Magd vermochte er nicht und dachte nicht daran. Als Burger hatten wir Land zum Pflanzen, einige Fruchtbäume. Vater und ich besorgten das gemeinsamlich, so gut es gehen wollte. Ach, mein Vater selig war gar ein guter Mann, er meinte nie, daß ein Mensch an zwei oder drei Orten zugleich sein könne; wenn ob dem Lädeli eine Pflanzung oder ob dem Garten das Lädeli versäumt wurde, er schmälte mich nie, und mit der Zeit nahm er es am geduldigsten; er aß, wenn gekocht war, und meinte nicht, daß es immer nur nach zwölf zu gleicher Zeit geschehen müsse, wie zum Beispiel die Frau Stadtschreiberin mit ihrer spitzigen Nas. Ich wußte oft nicht, wo wehren, das Nötigste abzutun; aber ich war zufrieden, es kam mir nicht in Sinn, daß ichs bös hätte, und am Sonntag hatte ich recht schöne Tage. Da konnte ich im Lädeli sitzen und alles sehen, was aus- und einging, löste manchen schönen Kreuzer, erhielt manches gute Wort, und Abend wurde es, ich wußte nicht, wie. Dann träumte ich noch die schönsten Sachen, und war der Montag da, so freute ich mich wieder auf den Sonntag. So lebte ich fast in lauterem Glücke, wenn auch in stillem. Ich war sehr wenig unter Gespielen, meist daheim, wo ich mehr als genug zu tun hatte; aber der Vater hatte mich lieb, und was wollte ich mehr? Hier und da weinte ich wohl auch, wenn mir ein Blumenstöcklein draufging, das ich liebhatte, oder der Vater mir einen kleinen Verwies gab. Da…, doch das darf ich gwüß nit säge, das muß ich überspringen‹, sagte die alte Frau, noch jetzt rot werdend.

Aber wir andern merkten wohl, was jetzt kommen müsse, das Kurzweiligste von allem, wie sie Burgerin von Bern geworden, und ließen daher nicht nach mit Bitten und Schmeicheln, bis sie wieder anfing: ›Da… da…‹, aber stotternd fast nicht mehr in Zug kam.

›Da steht eines Tags, an einem Montag gegen Abend war es, plötzlich ein kleiner Herr vor meinem Lädeli und frägt nach Schwamm, er müsse seinen verloren haben und möchte doch rauchen auf dem Heimweg. Ich bediente ihn wie andere Menschen so gut als möglich, er wählte lange, ich riet ihm, und endlich ging er, ohne daß ich was anders dachte, als das sei ein freundlicher Herr und habe eine gar liebliche Stimme, der werde sicher schön singen können, den möchte ich einmal hören.

Am nächsten Montag steht er plötzlich wieder vor dem Lädeli; ich erschrak recht, denn ich hatte ihn ganz vergessen. Er rühmte den Schwamm sehr und frägt, ob wir auch Tabak hätten, er sei mit dem seinen fast aus. Ich sagte, wir hätten wohl Tabak, aber so einem Herrn sei er wohl zu schlecht. Er meint nein; seit er so guten Schwamm hier gefunden, habe er das Zutrauen, wir würden auch guten Tabak haben, und ich muß ihm ein Päcklein von unserm geben. Ich tats mit rechter Angst, er finde ihn nicht gut und meine dann, ich hätte ihn angeführt. Diesmal vergaß ich ihn die Woche durch nicht, mit Bangen und Sorgen erwartete ich den Montag und mochte doch fast nicht warten, bis er da war, um zu vernehmen, wie dem Herrn der Tabak geschmeckt. Endlich kam der Montag, und der Herr kam auch. Er hatte ihm recht gut geschmeckt wie lange keinen, er hätte es nicht erwartet, aber es seien nicht immer die großen Läden, wo man das Beste finde, er wollte künftig allen bei uns nehmen. Ich wußte nicht, was darauf sagen; wenn er es nicht so freundlich gesagt, ich hätte geglaubt, er wollte mich zum besten halten.

Am Abend sagte ich dem Vater, es komme da ein Herr, ich wüßte nicht, wer er sei, aber er wolle den Tabak bei uns nehmen, er solle ja machen, daß wir immer recht guten hätten und ich nicht mit Schanden bestehen müsse. Wenn ich nur wüßte, wer er wäre. Als ich dem Vater auf seine Fragen antwortete, er sei, seit ich ihn bemerkt, immer an einem Montag gekommen, sagte er, das werde sicher der Vikar im Blackenboden sein, der komme alle Montage ins Städtchen, die Leute lachten sehr über ihn, er kaufe immer in der Apotheke einen Vierlig Täfeli und einen halben Schoppen Magenelixier und trinke beim ›Hirschen‹ einen halben Schoppen Vierbatzigen und nie mehr. Das machte mich sehr böse, daß die Leute einen so freundlichen Herrn auslachen konnten, und er erbarmte mich sehr. Ich war deswegen das nächste Mal desto freundlicher mit ihm aus Erbarmen wegen den bösen Leuten. Er schwatzte auch länger als sonst, es freute ihn, als ich ihm Herr Vikar sagte, daß ich wüßte, wer er war. Er erzählte, wie der Montagnachmittag die Zeit sei, wo er sich eine Freude gönne, am Dienstag in der Früh müsse er dann schon wieder anfangen studieren für den nächsten Sonntag.

Nun freute ich mich noch immer auf den Sonntag, aber hauptsächlich, weil nach ihm der Montag kam. Ach, wenn es doch nur Montag wär! dachte ich die ganze Woche, litt aber immer an großer Angst, der Vater möchte mich verschicken auf unser Land am Montagnachmittag, dann finde der Vikar vielleicht gar niemanden und nehme künftig seinen Tabak an einem andern Orte. Wir meinten nicht, daß immer jemand im Lädeli sein müsse. War ich nicht daheim, so ging der Vater ganz ungeniert seine Wege, ja oft bei wichtigen Angelegenheiten, zum Beispiel dem Bohnen- und Kabissetzen, gingen wir beide. Ich zog daher die ganze Woche alles zweg, von dem ich am nächsten Montag dem Vater sagen konnte, wenn ihn etwa das Gelüsten ankommen sollte, mich auszusenden, das müsse abgetan sein, es sei ja morgen auch ein Tag. Der Herr Vikar war sehr pünktlich, wenig Minuten werden gefehlt haben, daß er früher oder später vor dem Lädeli stand, aber nie mehr unerwartet oder unversehens; wie klein er auch war, immer von weitem schon hatte ich ihn kommen sehen. Ehe er ins Städtchen ging, hielt er jedesmal an und frug an, ob wir noch von dem Tabak hätten; wenn nicht, so müsse er sich im Städtchen versehen. ›Bhütis Gott wohl, Herr Vikari!‹ antwortete ich; dann hielt er sich nicht länger auf. Ungefähr zwei Stunden nachher, welche Zeit aber allmählich sehr zusammenschrumpfte, erschien er wieder und machte seinen Einkauf, und wir redeten zusammen ein wenig, vom Wetter und von Feuersbrünsten und Mordtaten, wenn es irgendwo welche gegeben. Wenn er schon klein war, so schritt er doch recht stattlich einher, besonders von hinten zu sehen, daß man Respekt haben mußte vor ihm; daher sah ich ihm immer nach, so weit ich konnte. Für mein Leben gern hätte ich ihn predigen hören, aber das gab sich nicht, ich durfte den Vater nicht darum fragen. Hingegen wenn irgend jemand aus dem Blackenboden bei mir einsprach, so vergaß ich nie, zum Ruhm meiner Sachen zu sagen, ihr Herr Vikar nehme auch alles bei mir und sage, er finde es nirgend so gut. Nichts konnte mich böser machen, als wenn man mir antwortete, selb wolle nicht viel sagen, von wegen er sei gar e Dumme und sei nicht schuld daran, daß die Pferde nicht Hörner hätten. Viel lieber hörte ich, wenn sie sagten, es sei ein guter Herr und hätte für so einen Kleinen ein bsunderbar schönes Wort, und ein Eifriger sei er mit dem Studieren, er wende an, er werde immer bachnaß darob. Sie trauten, es gehe ihm wohl schwer, aber mit der Zeit werde es ihm auch bessern, er sei noch gar e Junge.

Einmal, als er eben seine Einkäufe in den Taschen untergebracht hatte, gab es einen plötzlichen Schneesturm. Es wurde ganz finster, ganze Haufen trieb es durch das Tor, daß ich nicht anders konnte als ihm geschwind die Türe auftun und in unsere Stube führen, denn im Lädeli hätten wir kaum beide Platz gehabt. Er war schon über und über voll Schnee, als er hineinkam. Ich hätte ihn abklopfen sollen, aber ich durfte nicht vor Respekt, der Vater schmälte nachher mit mir bedenklich. Aber ich hatte auch schnell einige Sachen zu verstoßen, die unnötig herumlagen, und mußte daher entschuldigen, daß es so wüst bei uns aussehe, und hätte gerne gesagt, der Vater ziehe immer allerlei hervor und tue es nicht an seinen Ort, wenn er es nicht mehr brauche, aber ich durfte doch nicht recht, und zudem rief, sobald er wieder sah, der Vikari: ›Nein aber, was habt Ihr doch für einen schönen Rosenstock! So einen sah ich mein Lebtag nicht.‹ In der Tat hatte ich beim Fenster vornen einen Rosenstock voll prächtiger Rosen, wie ich sie auch noch nie gehabt. Er ward recht eifrig und erzählte, wie er ein großer Blumenliebhaber sei, besonders die Rosen gerne habe, aber es noch nie höher als bis auf drei Geschirre gebracht. Wie er sich so auf eine Pfarrei freue, wo er einen Garten habe, sonst noch Land, und Blumen ziehen könne nach Lust und Liebe! Da wolle er erst recht leben, und mit einem Garten voll Blumen sei er reich genug. Im Blackenboden habe er nicht einmal ein einzig Stöcklein, aber wenn ich ihm im Frühling ein Schoß geben wolle, so werde er mir sehr dankbar sein. Begreiflich sagte ich ja und wagte es endlich, zu fragen, ob ich ihm nicht eine Rose mitgeben dürfe. Und als er sagte: ›Bhütis, gar gern!‹ brach ich einen Stengel ab, an welchem eine eben aufgegangen und ein Knopf zum Aufgehen war. Ach, wie er so freundlich danken konnte!

Von da an ward unser Verkehr traulicher, und er kam nicht bloß vors Lädeli, sondern auch zuweilen in die Stube, indem er nach den Blumen fragte und sie zu sehen begehrte. Mein Vater hatte viel auf dem Vikar, nicht bloß wegen der Ehre, daß er unser Kunde war, sogar bei uns einsprach, sondern daß er ihm geduldig zuhörte, wenn er eine seiner Geschichten zum besten gab, und sogar darüber lachte, was dem Vater selten mehr begegnete, da er selten auf jemand stieß, dem er sie noch nicht erzählt hatte; er sagte oft: solche seien rar im Lande; wenn viele derer wären, gings auch besser im Lande.

Der Rosenstock machte unsern Verkehr lebhafter, der Herr Vikari fragte immer nach demselben und fragte auch wohl, ob er nicht etwa ein Röschen davon haben könnte, er täte gerne etwas einstellen, und im Pfarrhause hätten sie gar nichts Grünes. War das nicht deutlich genug gesprochen, ich sollte ihm für etwas Grünes sorgen? Und ich tat es so gerne, dachte die ganze Woche dran, und hätte ich es nicht getan, hätte der Vater mich gemahnt. Er war so bescheiden und klagte gar nicht über des Pfarrers im Blackenboden, wenn wir ihm auch Anlaß dazu gaben, indem wir, gestützt auf das, was die Blackenbödeler über des Pfarrers zu sagen pflegten, ihn zuweilen bemitleideten. Er könne nicht klagen, sagte er dann, sie meinten es nicht bös, aber verstanden es nicht besser. Er sei nicht meisterlosig und nie hungrig zu Bette gegangen, nur sei es ihm nicht angenehm, wenn die Frau Pfarrerin immer sage, was das Stückli Fleisch auf dem Tische gekostet, und wie teuer abermal das Brot sei und ein Pfarrer, wenn er einen Vikar habe, z'arme Tage geraten müsse notwendig. Das stelle ihm zuweilen den Appetit, daß er nicht recht esse; wenn er daher hungrig bleibe, sei es seine Schuld, denn genug wäre dagewesen. Das rührte mich immer; das gäbte einmal ein gut Mannli, mußte ich denken, ich mochte wollen oder nicht. Ja, lacht nur, ihr Frauen, ihr habt recht, aber daß er mein Mannli werden könnte, daran dachte ich doch wahrhaftig nicht, nein, das fiel mir nicht von weitem ein.

Die Frau Pfarrerin war besonders berühmt wegem schlechten Kaffee, wo Kaffee hieß und zumeist auch nicht eine Bohne darein sein sollte. Als ich ihn einmal darüber fragte und er entschuldigend sagte, das wiß er nicht, etwa viel Tugend habe er nicht, aber doch kein Abkust, er sei zu trinken, besonders wenn man durstig sei, sagte mein Vater: ›Mach dem Herrn Vikari ein Kaffee; er kann dann unterscheiden, was eigentlich Kaffee sei oder nicht. Er tut uns wohl die Ehre an und trinkt eins mit uns und schämt sich unserer nicht, wenn wir schon geringe Leute sind.‹ Der Vikar war sichtlich erfreut über die Einladung und gab ein Kapitel gegen den Hochmut los und erklärte, wenn er schon Burger von Bern sei, so wüßte er nicht, warum er eigentlich stolz darauf sein sollte, von wegen er sei nicht schuld daran, daß er es sei; so habe es ihm Gott geordnet, er hätte ebensogut in einem Städtchen, ja sogar in einem Dorfe geboren werden können, wenn es Gottes Wille gewesen wäre.

Ich zitterte vor Freude und Angst, dem Herrn Vikari aufwarten zu dürfen, obschon ich fast nicht wußte, wie ich das machen sollte. Es war die erste Visite, die ich servieren sollte, und noch dazu ein Vikar, wenn auch ein kleiner, man stelle sich das recht vor! Ich machte alle Augenblicke etwas Verkehrtes, was meinen Vater bitterlich ärgerte, und das er allemal rügte, um zu zeigen, daß man es denn doch eigentlich besser wüßte. ›Aber, Setti, wie dumm! Setti, was denkst? Setti, bisch zhinterfür im Kopf?‹ kam alle Augenblicke, ich hätte klaftertief in den Boden sinken mögen. ›Es ist mir recht leid, Herr Vikari, ich hätte Euch nicht einladen dürfen, wenn ich gedacht, wie dumm Setti zur Sache tun würde. Es ist sonst gewiß nicht so dumm, man kann es recht ordentlich brauchen. Wenn es Gottes Wille ist, daß es einmal einen Mann bekömmt, so wird der sich verwundern, was es alles kann. Pflanzen kann es recht ordentlich, und mit Kochen kann es auch mehr als eine Mehlsuppe machen. Es wäre ihm ein recht guter einmal zu wünschen.‹ ›Aber Vater, was schwatzt Ihr auch!‹ rief ich endlich, auf dem Punkte fortzulaufen, ›schweigt doch um Gottes willen, sonst laufe ich fort, ich will gar keinen Mann.‹ ›He‹, sagte der Vater, ›welle oder nit welle, man kann nicht wissen; und wenn du immer so dumm tust, so bekömmst du keinen, wie gerne du auch einen möchtest. Gället, Herr Vikari?‹ Was der Vikari antwortete, hörte ich nicht, ich hatte mich ins Kucheli hinausgemacht, so böse über meinen Vater, ich schäme mich dessen noch jetzt, ich glaube, ich hätte ihm in die Haare fahren können. Indessen es verrauchte, als der Vikari mir den Kaffee rühmte und mir zlieb, wie er sagte, drei Kacheli voll trank und endlich sagte, er habe seit langem nie so wohlgelebt.

So machte sich der Verkehr immer heimeliger, aber auch von weitem kam uns nichts anderes in Sinn. Auch als mich die Leute mit einem Liebeshandel unter dem Tore aufzuziehen begannen, weckte es keine Gedanken, ich betrachtete es als üblichen Spaß und lachte dazu. Es war mir bloß angst, der Vikari vernehme etwas davon, werde böse darüber und nehme den Tabak an einem andern Orte; das wäre mir leid gewesen, nicht wegem Profit bloß, sondern wegem Vater, der so gerne mit ihm schwatzte und selten fehlte zur üblichen Zeit.‹

Da lachten wir, und die Frau Pfarrerin fuhr fort: ›So kam es mir wenigstens vor, und böse machten mich die Leute, daß sie sich über so was aufhielten, ging es sie doch nichts an, redeten sie nicht auch, mit wem sie wollten, und wir ließen sie machen!‹

›Aber, Frau Pfarrerin‹, sagte lächelnd die Frau Landvögtin, ›und wegen Euch wäre es Euch nicht auch leid gewesen, wenn der Vikari nicht mehr gekommen wäre?‹ ›Hintendrein vielleicht wohl, Frau Landvögtin‹, sagte die Frau Pfarrerin, ›aber gwüß dachte ich damals gar nicht an mich. Ich dachte wohl daran, in welche Herrlichkeit eine Frau Pfarrerin komme, wie sie in Haus und Garten walten könne und unter den Weibern sei fast, was eine Königin, bsunderbar wenn sie einen so guten, gelehrten Herrn zum Manne hätte, wie der Vikari einer war. Aber, daß ich zu einem solchen Glück kommen könnte, das fiel mir wirklich nicht ein. Er gab mir aber auch keine Ursache, an so was zu denken. Er war nicht wie andere junge Herrleni, die jedem Fürtuch Komplimente machen und tschänzeln mit jedem Zaunstecken. Von dem war bei ihm keine Spur, er war so freundlich, aber doch ernsthaft, nannte mich immer Jungfer Lisette, und nicht einmal die Hand gab er mir, und doch e Vikari – denket! Er redete auch nicht vom Etablieren und zukünftigen Aussichten, er machte den Mund auf keine Weise süß. Er rühmte auch seine Predigten nicht; wenn er je darüber sprach, so klagte er, wie schwer es ihm gehe.‹ ›Das sind gerade die Schlimmsten, Frau Pfarrerin‹, sagte ich, ›sie demütigen sich nur scheinbar, damit man sie desto mehr erhebe und rühme.‹ ›Nein, wahrhaftig nicht, das tat er nicht, der war viel zu aufrichtig, er war gar nicht, wie jetzt die Leute sind. Und es hätte ihm nichts genützt, ich rühmte ihn nicht, ich hätte ihm doch nicht sagen können, was ich von den Leuten hörte: er werde wohl bald fortwollen, er sei schon lange da, keiner noch so lange.

He nun, man werde sich drein schicken müssen, aber reuen tue er sie, wenn er schon so ein Kleiner sei.

Einmal an einem Montag kam er nicht, und alles Warten und alles Luegen half nichts, er kam nicht, und die ganze Woche durch kam keine einzige Seele aus dem Blackenboden, die man hätte fragen können, ob der Vikari fort sei oder krank. Er war auch schon an einem Montag ausgeblieben, aber er hatte es allemal vorher gesagt und zwei Päckli Tabak zusammen genommen. Er möge hinkommen, wohin er wolle, sagte er, so fänden die Leute, er rieche sehr gut.

Das war eine lange Woche, und was da einem in Sinn kam, was begegnet sein könnte, und wäger dem Vater so gut als mir! Er sagte oft, wenn das Laufen ihm nicht so zwider, er wollte nicht so lange im Gwunder sein. Am nächsten Montag machte es gar so schlecht Wetter; da werde er per se nicht kommen, dachten wir: Indessen auf die Vorsorge machte ich etwas früher zu Mittag wie gewöhnlich, damit alles abweg sei und ich noch Zeit hätte, mich ein wenig zwegzumachen, wenn er kommen sollte, nicht zu putzen, bewahre, da hätte mir der Vater ein schön Kapitel gelesen; aber bei der Arbeit, welche mir oblag und am Morgen nach fünf Uhr anfing, war man des Mittags nicht mehr wie aus einem Druckli. Allweg schadete es nicht, wenn man ein wenig Strähl und Wasser brauchte und anfällig das Halstuch, welches bereits den Sonntag mitgemacht, aufpflanzte.

Während wir am besten beim Essen waren, klopfte es an der Türe, was bei dem Verkehr, den wir hatten, wo gar oft jemand etwas zum Hüten gab, oft geschah; der Vater rief: ›Ume yne!‹ Und herein kam – der Herr Vikari, ganz schwarz angezogen, in vollem Staat, mit dem Dreieck auf dem Kopf, wie es damals bei Feierlichkeiten noch üblich war. Mein Gott, wie erschrak ich! Ich meinte, ich müsse unter den Tisch, es war mir gar nicht mehr zu helfen, nit zweggmacht und der armselig Tisch, an dem wir saßen! Mein Gott, es wird mir jetzt fast schwarz vor den Augen und katzangst, wenn ich daran denke. Er machte Entschuldigungen, daß er störe, aber er habe in einer wichtigen Angelegenheit mit uns zu reden und daher einen Augenblick gewählt, wo er uns beisammen finde und ungestört sein Anliegen vorbringen könne. Wir würden gehört haben, daß er Pfarrer geworden sei ins Bohnengschüch. Nun, das sei viel gemacht vom Herrn Vikari, daß er die Mühe nehme, uns dieses selbsten zu annoncieren. Aber nun kam es noch ganz anders, daß Vater und ich ganz verschmeyet wurden. Er begehrte mich zur Frau und tat so schön dar, wie er eine Waise sei, verlassen auf der Welt, und er eine Frau haben müsse, welche ihm Vater und Mutter sei und alles in allem, daß ich noch heute weinen muß, wenn ich daran denke. Nun erzählte er, wie er in mir alles in allem gefunden, daß der Vater laut aufweinte wie ein Kind, daß ich nicht wußte, werde es ihm übel oder nicht, und, als er aufhörte, keins von uns ihm antworten konnte. Also ich, das arm Torwärtermeitschi, sollte Frau Pfarrerin und Burgerin von Bern werden! Das war zu groß für meinen Kopf, es wollte gar nicht als Wahrheit hinein, es kam mir vor als geträumt.

Der Vater konnte zuerst antworten und redete von der Ehre und unserer Armut; nur ich in meiner Angst jammerte, ich könnte den Vater nicht verlassen, wer das Lädeli hüten sollte, wenn ich fortginge! Da kam das Beste noch nach. Wenn es nur das sei, was die Jungfer Lisette hätte, so habe er daran auch gedacht, und das sei leicht beseitigt. Er möchte den Vorschlag machen, daß mein Vater mit uns käme, es wäre ihm ein großer Dienst, wenn er sich dazu verstehen könnte. Es sei etwas Land zur Pfarrei, mit dem wüßte er nichts anzufangen, überhaupt verstehe er nichts vom Landleben und sehe erst jetzt ein, wie wichtig es sei für den Pfarrer, wenn er wüßte, was üblich und bräuchlich sei; mein Vater verstehe das aus dem Fundament, wie er sehe, da könnte er ihm äußerst behilflich sein; denn, daß er etwa als Knecht oder Tagelöhner einstehen solle, daran denke er nicht von ferne, davon solle er überzeugt sein. Das war wirklich eine Leiter zum dritten Himmel; was wir darauf antworteten, weiß ich wirklich nicht mehr. Ich weiß bloß nach, daß wir uns endlich setzten, das Lädeli vergaßen. Der Vater sagte: ›Lisette, räum doch ab und reych Wy, e Maß, ghörst!‹

Daß wir Wein holten, geschah hier und da, bald tat es der Vater, bald ich und ganz ungeniert, denn wenn man keinen im Keller hat und welchen haben sollte, muß man ihn holen. Diesmal dachte der Vater nicht daran zu gehen, wie unendlich gerne ich es auch gehabt.‹ ›Ja gället, Frau Pfarrere‹, sagte die Frau Landvögtin, ›Ihr wäret gerne beim Herrn Vikari daheim geblieben; ich hörte noch nichts vom Verlobungskuß, es ist sonst überall der Brauch, daß man sich da um den Hals fällt und Müntschi gibt.‹ ›O bhütis, Frau Landvögti, das ist gar nüt gsi, dara her niemer denkt. Wenn der Vater gegangen wäre, so wären wir erst in Verlegenheit gewesen und hätten nicht gewußt, was sagen, und aus Verlegenheit wäre ich wohl ins Lädeli gelaufen. Nein, ich schämte mich zu gehen, weil ich dachte, sie täten es mir ansehen, was vorgegangen, wüßten, daß der Wein für den Vikari wäre, täten mich tapfer aufziehen, und dachte noch niemand daran.

Das Stubenmeitschi, als es mir den Wein gab, fragte mich leise: ›Lisette, sahst heute den Vikari noch nicht oder weißt, ob er kömmt?‹ Glücklicherweise sah es mich nicht an, es setzte hinzu: ›Er kehrt gewöhnlich bei uns ein, da möchte ich ihn fragen, was für Schriften man nötig hat zum Heiraten, er weiß das am besten, aber sag es niemanden!‹ ›Häb nit Kummer!‹ antwortete ich ehrlich.

›Aber Frau Pfarrerin‹, sagte die Frau Landvögtin, ›erlaubet zu fragen: Wann gab Euch dann der Herr Vikari das erste Müntschi?‹ ›Am Hochzeitstage‹, antwortete die Frau Pfarrerin unbsinnt. ›Das wäre mir wohl lange gegangen‹, bemerkte die Frau Landvögtin, ›und Euch, Frau Pfarrere?‹ ›Ihr seid eine Böse!‹ antwortete die Frau Pfarrerin und fuhr fort: ›Ihr habt keinen Begriff, wie der Gedanke, Frau Pfarrerin, ja Burgerin von Bern zu werden, alle andern Gedanken verschluckte, unmöglich machte, wer hätte da an ein Müntschi denken sollen! Ich konnte gar nichts denken, lief aber doch unglücklicherweise zum Bäcker um ein frisch Brötchen. ›Hast Besuch, Lisette? Wen hast?‹ fragte die Bäckerin. ›DrVik...‹, kam mir raus, ehe ich dran dachte; dann schoß mir alles Blut in Kopf, und lief davon. ›So, Lisettli, so!‹ rief sie mir nach, ›wer hätte das von dir gedacht!‹

Wie der Nachmittag verging, weiß ich nicht, in der Nacht tanzte Bett, Turm, Stadt mit mir in der Welt herum, und in Zwischenräumen wollten mich die Frau Pfarrerin und die Burgerin von Bern fast versprengen, und wie oft ich sagte: ›O Lisettli, ists möglich?‹ weiß ich nicht.

Am folgenden Morgen schon lief allerlei im Städtchen herum, Verdächtiges hauptsächlich, als ob der Vikar hier einen Einzug hätte. Alle wollten ihn bei mir gesehen haben, sein Tabakhandel mit mir kam jetzt auf die Trommel; wahrscheinlich kam alles von der Bäckerin aus. Es muß ein arger Spektakel gewesen sein, denn gegen Mittag schritt unser Herr Pfarrer daher und stellte sich beim Vater unter dem Tor und sagte ihm, er müsse doch fragen, was an der Sache sei, plötzlich kämen ihm da Dinge zu Ohren, an die er nicht gedacht, uns nicht zugetraut, und wie er leider vernommen, sei das ganze Städtchen voll davon. Er solle ihm jetzt aufrichtig sagen, ob es wahr sei, daß ich ein Zöök mit dem Vikari habe, ihn locke, daß er gsotte und brate bei uns sei. Als ihm der Vater nun sagte, das sei nicht wahr, aber der Vikari sei Pfarrer geworden ins Bohnegschüch und ich seit gestern unerwartet seine Braut, da verstunete er und wollte es fast nicht glauben: wir hätten Spaß für Ernst genommen, man müsse nicht gleich alles für bar annehmen. Als er es endlich glauben mußte, wünschte er mir Verstand zu meinem Glück, es sei größer, als ich denke; vielleicht wüßte ich nicht, daß ich auf eine der besten Zünfte komme, aber es fehle mir noch sehr viel, um Frau Pfarrerin zu sein mit Ehren und nicht mit Schanden, das erträume einem nicht. Sie wollten mir gerne verhelfen zu allem, was ich nötig hätte. Ich solle forthin zu ihnen kommen, sooft es mich freue. Daran aber hätte er wirklich nicht gedacht, es heiß nicht umsonst, stille Wasser seien tief.

Was es erst jetzt für einen Lärm im Städtchen gab, kann man sich denken, aber alle Leute schienen mein Glück mir zu gönnen, selbst im Pfarrhause, wo doch sieben Töchtern waren. Alles war so gut gegen mich, es war, als ob das ganze Städtchen mein Glück sich als eine Ehre anrechne. Man lud mich allenthalben ein, und ich mußte immer wieder erzählen, wie alles zu- und hergegangen vom ersten Päckli Tabak an bis auf den letzten Tag. Der Vater meinte, die Leute trieben das Gespött mit mir, aber ich glaubte es ihm nicht, ich hätte nicht gewußt, warum sie das tun sollten. Das war eine Art Weltschland für mich, wo ich einen Begriff erhielt, wie man Besuche machte oder Besuche empfing. Bei meinem Vater unterem Tor hatte ich nicht Gelegenheit gehabt, hierin Erfahrungen zu machen.

Leider war diese Zeit sehr kurz, wir mußten pressieren mit dem Aufziehen und hatten soviel zu tun mit Raten und Anschaffen. Da kam uns der Vater sehr kommod, er hatte Verstand in der Sache und sparte uns viel Geld. Der Herr Vikari und ich waren lötige Kinder und des Herrn Pfarrers im Blackenboden halfen ihm auch nicht; sie waren schrecklich böse über diese Heirat, sie sagten, es sei eine Schande für die ganze Stadt Bern und jeden Burger, daß ein Burger die Frechheit hätte, ein so gemein Mensch als Burgerin her-zuschleppen, ›das soll ihm nicht vergessen werden, auf Kindskinder nicht‹. Da sie keine Töchtern hatten, so hieß es, sie seien deswegen so böse über seine Heirat, weil sie ihn gerne als Vikar behalten hät-ten, denn er sei gar ein kleiner Esser, und Wein trinke er fast keinen; so einen wohlfeilen bekämen sie kaum mehr, klagten sie.

Ich mußte auf Bern, wo ich noch nie gewesen. Es war ein großer Tag für mich, ich freute mich, aber mit Furcht und Zittern. Da war ich also künftig daheim und durfte doch kaum abtrappen in den Lauben. Er führte mich, damit ich mehr Mut bekomme, überallhin an der Hand; ohne dieselbe hätte ich kaum gehen dürfen, glaube ich. Es war eine große Erlösung für mich, als wir die Tore im Rücken hatten. Ich hatte große Angst, wir verirrten uns und fänden den Heimweg nicht mehr, trotzdem daß der Herr Vikari mich immer versicherte, er kenne von Jugend auf jedes Eggeli und wollte jedes Haus finden mit verbundenen Augen.

Nächst diesem Tag war der wichtigste in meinem Leben der Tag, wo wir Hochzeit hatten und in die Gemeinde zogen. Bis dahin hatten wir viel Not auszustehen. Denn wir beide verstunden von allem nichts, und der Herr Vikari sagte oft, wenn wir meinen Vater nicht hätten, er wüßte gar nicht, wie das gehen sollte. Wir nahmen unsere geringen Habseligkeiten mit. Der Vater wollte nichts davon zurücklassen, man könne alles brauchen, sagte er; was man habe, brauche man nicht zu kaufen, es brauche ja ohnehin schon soviel Geld. Denn ein prächtiges Möble schaffte der Herr Vikari an unter Vaters Beistand, und viele Geschenke bekamen wir, ich wurde ganz beschämt, es war fast, als wolle das ganze Städtlein an unserer Aussteurung teilnehmen, wir hätten nie geglaubt, daß wir den Leuten so lieb seien. Wir glaubten lange, unsre Habe nicht auf ein Fuder bringen zu können. Am Ende gab es sich aber; der Vater meinte, ein solcher Aufzug werde Respekt ins Dorf bringen. Er ging mit dem Fuder einen Tag früher ab als wir und wollte uns alles einrichten. Am folgenden Tage wollten wir auf dem Wege uns kopulieren lassen und gegen Abend einziehen im Bohnengschüch.

Das war ein Tag, von dem ich wenig zu sagen weiß, als daß ich nicht wußte, ging ich auf dem Kopf oder auf den Füßen. Ich war so voll Demut und voll Glück, daß ich den ganzen Tag kein Dutzend Worte sprechen konnte, ich schwamm in einer Herrlichkeit, die unaussprechlich war, ich konnte den begrüßenden Leuten kaum danken, ungehindert ließ ich die Tränen rinnen die Backen ab. ›Üsi Frau Pfarrere isch ume no es King‹, hieß es im ganzen Dorfe, ›aber es her scho us mengem King e rechti Frau gä; sie ist emel nit hochmütig.‹ O nein, hochmütig war ich nicht, aber es war, als sei mir der Himmel aufgegangen und ich mitten darin.

Man lachte viel über uns, aber wir merkten es nicht. Aber wir, besonders mein Mann, hatten eine so aufrichtige Liebe zu den Menschen, daß das Lachen verging und es hieß: er sei bsungerbar e Gute; wenn er chönnt, er hulf alle Lüte. Mein Vater stellte am meisten vor und war die Respektsperson im Hause. Unter den Bauern fühlte er den bekannten Burgerstolz in eben rechtem Maße, er saß unter ihnen wie unser Burgemeister daheim mit seinen Untergebenen, hatte viel erlebt, wußte was zu erzählen, mit dem Lande auch umzugehen, besonders mit den Bäumen, was ihm ganz vorzüglich Achtung verschaffte. Wir lebten sehr einsam, das Dorf lag abgelegen, und besondern Verkehr hatten wir auch mit den andern Pfarrern nicht, mein Mann war schüchtern und ich noch mehr. Ich begreife, daß man nichts mit uns zu machen wußte. Wenn wir auch nicht gerade dumm waren, so wußten wir es doch nicht zu zeigen, daß wir es nicht waren. Aber wir lebten nicht desto weniger glücklich und namentlich mein Mann an der Gemeinde, der Vater an den Bäumen, ich am Garten, und je enger früher unsere Gebiete waren, desto weiter und schöner kam jedem das Feld vor, das sich ihm eröffnet, und was das eine freute, freute auch das andere. Und diese Freuden wurden im regen Leben um uns jeden Tag neu und anders, jede Jahreszeit brachte ganze Körbe voll, wir konnten uns wie Kinder freuen über das, was wir ernteten, und das, was nachwuchs, und den ganzen Winter über aufs herzlichste auf den Frühling. Besonders mein Mann, der in der Stadt aufgewachsen und keinen Begriff vom Segen und den Freuden des Landes hatte, war ganz glücklich, ein neues Leben war ihm aufgegangen, und dazu kam das Gefühl, daß er doch auch etwas sei, unabhängig und geehrt und geliebt. Aber er war wirklich auch gar so lieb und gut, daß es gar nicht auszusprechen ist. Er hatte es nicht so, wie ich oft hörte, daß die, welche am armseligsten aufgewachsen, später am meisterlosigsten seien und fast nicht es ihnen zu treffen, daß sie zufrieden seien; er sagte so oft, er hätte nie gedacht, daß man so glücklich sein könne, und am allerwenigsten, daß er es je werde.

Mein Vater war es nicht weniger als mein Mann, aber er schrieb nicht nur sein Glück, sondern unser aller ihm zu. Man sollte sehen, wie es ginge ohne ihn, wir wären arme Tröpfe und möchten nicht gfahren – und wir glaubten es. Wir glaubten alle, daß wir ein Glück über Verdienen hätten, absonderlich ich. Ich war oft so kindisch, daß ich mich schämen mußte, und dann dachte ich wieder, wir hätten ein viel zu großes Glück, so könne es nicht bleiben, wir würden es büßen müssen. Dann wurde ich fast schwermütig, und ich mußte oft dran denken, wo der liebe Gott anfangen werde mit seinen Gerichten. So arm wir eigentlich waren und andern vorkommen mochten, für so reich hielten wir uns, denn keins von uns hatte je soviel Geld gehabt, und da wir in gewohnter Armütigkeit fortlebten, keine fremden Leute hatten, die Leute keine Ansprüche an uns machen zu dürfen glaubten, so hatten wir immer übrig und schienen uns selbst im Glücke zu schwimmen. Glücklichere Leute hätte man sicher weit umher nicht antreffen können, als wir waren und zwar mehrere Jahre lang.

Da starb zuerst mein Vater sehr rasch und unerwartet; er hatte seine Rüstigkeit so bewahrt, daß wir gar nicht dachten, er könnte uns sterben. Er machte uns eine große Lücke ins Leben, er fehlte uns allenthalben. Dazu hatten wir keine Kinder, kamen uns gar so einsam und verlassen vor, machten uns nach und nach ein Gewissen daraus, so alleine für uns zu leben unbelastet, während andere unter ihrer Bürde fast erliegen mußten. Wir meinten, Gott meine es auch so, und durch den Tod meines Vaters habe er uns einen Fingerzeig geben wollen. Wir freuten uns recht kindlich, als wir endlich eins fanden, welches uns beiden gefiel, einen schönen Knaben mit weißem Kruselhaar, und freuten uns schon damals sehr auf den Gottslohn, den wir ob ihm verdienen wollten, und um so mehr, da das Kind aus einer verwahrlosten, liederlichen Familie kam. Du arms, liebs Tröpfli, wie gut ists dir gegangen, daß du in andere Hände gekommen bist, wo du ein rechter Mensch werden kannst. Gott und den Menschen lieb! Wir hatten eine unaussprechliche Freude an dem Kinde, es war unser klein Herrgöttlein; wenn mein Mann es nicht an der Hand hatte, trug ich es auf den Armen, sein Wille galt unumschränkt, und was wir dazu noch ersinnen konnten, taten wir. Ja wir vergaßen beinahe Blumen und Bäume ob ihm, es konnten Lieblingsäpfel reifen, wir merkten es nicht, er konnte Blumen und Töpfe zerschlagen, wir wehrten nicht, wir sahen zu mit blutendem Herzen. Es sei sich gar nicht zu wundern, daß er es so mache, er wisse es nicht besser; wenn er Verstand erhalte, werde das schon anders kommen.

Aber das wollte nicht anders kommen, sondern das Gegenteil, er wurde immer böser, roher, verderben war seine Lust, und trotzen tat er statt gehorchen. Was wir ihm auch taten, kein Funke Liebe wollte sich bei ihm zeigen, nicht eine Spur von Leid, wenn er auch sah, wie sehr er uns betrübt hatte. Flattieren konnte er wohl, bis er hatte, was er wollte, hintendrein höhnte er uns aus. Wir hofften lange, lange, es komme noch besser, und sprachen zu, aber es kam nicht besser; Hand legen an ihn durfte keins von uns, auch als es uns schien, es wäre vielleicht gut. Im Dorfe konnte er auch machen, was er wollte, niemand sagte ihm die Wahrheit. Die andern Kinder meinten, sie dürften nicht anders als ihn regieren lassen, er wurde ein eigentlicher Tyrann. Wir jammerten zusammen, wir weinten aus Erbarmen als wie über ein eigenes Kind auf bösen Wegen, aber was machen? Er war hart wie ein Stein, mit Worten brachte man nichts ab, und wer sollte ihn schlagen? Er sah unser Leid, aber er achtete sich dessen nicht das mindeste, wir verheimlichten eins dem andern, was wir wußten, um den Verdruß einander nicht schwerer zu machen.

Sobald die Leute von weitem merkten, daß der Knabe uns Leid verursache, wir nicht mehr ganz blind an ihm seien, begannen sie zu brichten, leise erst, nach und nach immer lauter, und konnten sich nicht satt verwundern, daß wir ihn noch bei uns hätten, nicht dahin schickten, wo er früher gewesen. Sie erzählten, wie er unserm Ansehen schade und, was er ungestraft tun könne, auf unsern Konto geschrieben würde. Wir wollten lange nicht einmal daran denken, daß wir ihn wegtun könnten, wie hatten ihn ja angenommen. Endlich begriffen wir, daß wir damit nicht versprochen, ihn ewig bei uns zu behalten, sondern nur, für ihn zu sorgen; dafür brauchte er ja nicht bei uns zu sein, ja an einem andern Orte konnte es noch viel besser geschehen als bei uns. Wir sagten es ihm, er müsse fort, wenn er nicht besser tue. Allein er lachte uns aus: er gehe nicht, wir sollten es nur probieren, und zuletzt könne er mit seinem Leben machen, was er wolle. Und dazu konnte er wieder flattieren, daß wir es nicht übers Herz brachten, Ernst zu brauchen und eine Drohung auszuführen; wir ergaben uns in den täglich neu werdenden Verdruß, meinten, es müsse so sein, es sei jedem Menschen doch auch seine Portion Leiden bestimmt, die müsse er geduldig tragen, und wir hätten ja sonst gar nichts als dieses Elend mit unserem Gottliebeli.

Weiß Gott, wie es am Ende gegangen wäre, wenn der liebe Gott sich nicht unserer erbarmet und als wie mit seiner Hand eingegriffen hätte. Er nahm uns den Knaben ab, sandte den Tod und ließ ihn zu sich bringen. Der Knabe zeigte in seiner Krankheit viel Gutes, wir meinten, er hätte sich sicherlich gebessert, baten inbrünstig um sein Leben, sein Tod hielt uns sehr hart, wir haderten mit Gott. Aber endlich kamen wir zu der Erkenntnis, daß er sich nur unter der Hand Gottes gedemütigt, da die als Krankheit so schwer auf ihm lag, da, wenn Gott diese weggezogen und ihn unsern Händen wieder übergeben, er der alte wieder geworden wäre; und das war unser Trost, daß Gott ihn nicht wieder zurückfallen ließ in den Trotz der Sünde, sondern ihn abrief in den guten Stunden, wo er zerknirscht war und den Willen zur Besserung hatte. Wir erkannten endlich, wie gut es Gott mit uns gemeint, daß er uns von einer Last befreit, welche wir in unserem Gutmeinen selbst aufgeladen hatten. Er gab uns keine Kinder, er wußte, daß unsere Hände zu schwach waren, solche zu regieren, warum wollten wir weiser sein und ladeten solche Erziehung uns auf und wollten haben, was andere, und dachten nicht an das, was wir vor Tausenden voraushatten? Und doch wollte er nicht, daß um unserer Torheit willen eine Seele verloren gehe, ließ ihn nicht in der Verhärtung sterben, nicht zum Verbrecher reif werden, stieß uns nicht auf Lebzeiten den glühenden Stachel ins Herz, daß wir schuld an dem Verderben einer Seele seien. Das war die bitterste Zeit, die wir hatten, wir sollten die Unvollkommenheiten dieses Lebens eben auch so recht empfinden nach unserem Verdienen. Darauf flossen unsere Tage wieder dahin friedlich und lieblich, und jeder brachte uns etwas Gutes und meist etwas Frohes. Wir waren in der Besorgung großer und kleiner Pflanzen recht geschickt geworden, hatten viel Glück dabei und dieneten vielen Leuten weit umher.

So floß eine Reihe von Jahren fast unbemerkt dahin, wir wurden nachgerade alt, als mein Mann mir plötzlich starb. Daran hatte ich nicht gedacht. Er war nicht krank gewesen, kaum unpäßlicher als sonst. Er dökterlete gerne, wahrscheinlich weil er kränklich war von Jugend auf, daher nahm man es als ein Gewohntes hin, daß ihm etwas fehle, und ob etwas mehr oder etwas minder, merkte man nicht. Das war ein Schlag aus heiterem Himmel, als ich so plötzlich tot ihn hatte; erst jetzt empfand ich, wie lieb ich ihn hatte, eigentlich nur in ihm gelebt fast vierzig Jahre lang, er war mein Vater, mein Mann, mein Kind, mein Alles gewesen. Und doch ermaß ich meinen Verlust noch nicht, wußte nicht, was mit ihm alles zerrissen war und zu Grabe ging. Das Dörfchen war meine Welt geworden, außerhalb demselben kannte ich niemand mehr. All meine Hoffnung, mein Trost war, in demselben bleiben zu können, bei meinen Bäumen, meinem Kirchlein, in der Nähe von dem, das mir lieb war, bei den guten Leuten im Dorfe, bei denen mir so lange so wohl war. Mit einem einzigen Stübchen wollte ich vorliebnehmen, und gerade eins, wie ich es wünsche, wußte ich. Vermögen hatten wir keins zusammengebracht, anfangs und im Leben nicht. Wir hatten wenig gebraucht für uns, aber als die Leute das merkten, so brauchten sie desto mehr, desto nötlicher, und wir gaben beide gerne und behielten auf diese Weise nichts für uns.

Als alles Überflüssige verkauft war, blieb eine kleine Summe; zudem hatte ich Rechte in zwei Witwenstiftungen, aus deren Ertrag ich prächtig zu leben hoffte. Dem Abgeordneten der Zunft war das nicht recht. Er gab mir ziemlich unverblümt zu verstehen, ich sei eine dumme Frau und verstehe das Ding nicht; ich wüßte nicht, was alles dahintenbleibe, wenn ich nicht mehr Frau Pfarrerin sei und alles kaufen müsse, und die Burgernutzungen, welche ich aber nur bekomme, wenn ich in Bern wohne, seien auch etwas zu rechnen. Aber es war mir, als sollte ich sterben, wenn man mir von Weggehen redete, darum hatte ich furchtsam Person den Mut, mich dem Wegziehen zu widersetzen dem grimmigen Gesichte des Herrn Waisenvogtes zTrotz. ›Probiers meinetwegen!‹ sagte er endlich, ›Ihr werdet es bald erfahren, wer recht hat.‹

Er hatte recht, ich dachte nicht, was mir mit meinem Manne alles begraben wurde. Den neuen Pfarrsleuten kam ich als eine dumme alte Frau vor, mit der man nichts zu reden wüßte, von der man lieber wollte, sie wäre nicht da. Ich durfte weder im Garten noch im Baumgarten herumgehen, sie waren fremdes Besitztum geworden, man ermunterte mich nicht dazu, von ferne nur durfte ich sie noch ansehen. Die Leute waren auch anders geworden, fremder, kälter, es war, als ob sie fürchteten, die Pfarrsleute zu beleidigen, wenn sie gegen mich freundlich wären wie ehedem; dagegen blieben die Ansprüche die alten, und gegen wen wir früher gut gewesen, meinte das Recht zu haben, immer die gleichen Guttaten von mir zu fordern. Man hielt mich auch für reicher, als ich war, man ließ sich nicht ausreden, ich hätte geheime Schätze. ›So ein schön Einkommen, keine Kinder, ein so einfach Leben, da müßte es ja der tusig tun, wenn die nicht ein schön Vermögen haben sollten!‹ sagte man immer. Ach, du mein Gott, wenn man gewußt, wie oft wir eng im Gelde gewesen, man hätte nicht so gesprochen. Aber wir hatten es nicht im Brauch wie andere, die, wenn sie einmal einen Kreuzer gespendet, auf den Markt laufen und gackeln als wie Hühner, die hintereinander drei Eier gelegt.

Nach und nach verzehrte ich meine Vorräte, oder sie gingen mir sonst fort, ich brauchte immer mehr Geld, wurde immer ärmer und mußte dem Waisenvogt schreiben, ich könnte es mit dem Gewohnten nicht mehr machen, er sollte mir mehr senden, ich hoffe, es werde schon wieder bessern aber es sei alles gar teuer. Er schrieb mir barsch und kurz: habe ers nicht gesagt? Ich werde jetzt wohl froh sein, auf Bern zu kommen, er werde mir Losement besorgen; in Bern käme ich viel besser aus, da werde ich wenigstens meine Sache nur für mich brauchen und nicht fort und fort gerupft werden, als ob ich noch Frau Pfarrerin sei.

Der Herr hatte vollkommen recht, jetzt sehe ich es wohl, damals aber nicht. Es war mir viel schrecklicher, als wenn er mir geschrieben, er hätte mir den Totenbaum bestellt. Ich stellte vor, ich wolle arbeiten ums Geld, und einstweilen könnte man mein Kapitälchen angreifen, es wären ja keine Kinder da. Aber da half alles nichts, es blieb bei des Herren Wort. Da war eine Zeit des Weinens. Am meisten schmerzte mich das Zureden der Leute, ich sollte doch nicht so wüst tun, es sei gewiss in Bern ein lustig Leben, und sövli Holz und sövli Geld dazu, ich solle doch denken! Ich glaubte endlich no zu merken, daß die Leute meiner satt seien, meiner gerne los wären, von wegen man könne nicht wissen, wie es mit mir noch kommen könne. Das tat mir grusam weh, das machte mir das Zügeln leichter. Aber als es endlich sein mußte, da wollte das Herz mir doch brechen, die Bäume blühten so herrlich; und noch manches Auge wurde naß, und noch manche alte Mutter sagte: ›Es wird mir ungwahns tue, wenn ich Euch nicht mehr habe; hier sehen wir uns kaum mehr, aber, so Gott will, einmal an einem andern Orte und vielleicht nicht über langem, mit mir geht es alle Tage äne abe, und Ihr habt auch grusam gschlechtet die letzte Zeit.‹

Da war ich nun in der weiten, steinigen Stadt und kannte keinen lebendigen Menschen als meinen Herrn Waisenvogt, wo es mir immer war, wenn ich ihn von weitem kommen sah, als müsse ich drauslaufen, als sei er der Bär aus dem Graben und komme her, mich zu fressen. Es war undankbar von mir, denn er hatte für mich gesorget wie ein Vater. Dieses Stübchen hatte er mir empfangen, und daneben fand ich alles, was ich nötig hatte, und eine scharfe Vermahnung, keinen Stadtbesen, keine Hoffartsnärrin zu werden, wie es Frau Pfarrerinnen, welche in die Stadt kämen, oft im Brauch hätten, gab er mir obendrein. Ach, der Mann meinte es gut, aber wie weit er nebendurch schoß, das begriff er nicht. Schüchtern von Natur und dadurch noch mehr eingeschüchtert, machte ich keine Bekanntschaften, ja im Anfang durfte ich kaum aus meinem Stübchen, sah keinen Baum, keine Blume, hörte kein Vögelein pfeifen. Da erfuhr ich, was es heißt, sterben aus Langerweile, aus dem Gefühl, verlassen zu sein von allen Lebendigen, niemanden zu sein auf der weiten Welt, zu leben, ohne daß jemand auch nur die geringste Teilnahme an einem genommen hätte.

So lebte ich einige schreckliche Wochen durch und wäre wohl gestorben, wenn mir Gott nicht den Gedanken eingegeben hätte, etwas Lebendiges in meinem Stübchen zu hegen. Ich wagte mich auf dem Markt und fand mich da alsbald in einer bekannten Welt; was in den Körben war, kannte ich alles, und mit den Bauernweibern war ich gewohnt zu reden, ich lebte neu auf und hatte eine recht herzliche Freude an all dem Schönen und oft recht sorgsam Gepflegten, was ich da sah. Ich kaufte einige Blumenstöckli, später mein Vögeli und ging später doch alle Markttage auf den Markt; das war mein Leben, und allmählich ans Ausgehen gewohnt, fand ich andere Orte noch, wo ich ungestört an Blumen und Bäumen mich erfreuen konnte, die schönen Totenhöfe zum Beispiel und die an Werktagen verlassenen Lustörter der jungen Welt um die Stadt herum. So lebte ich allgemach mich in die Stadt hinein, ohne nähere Bekanntschaft mit irgendeinem Bewohner zu machen, die Marktweiber blieben meine einzigen Bekannten, die mich recht liebhatten; ich lebte ein recht stillvergnügt Leben, wie ich nicht geglaubt, daß es mir noch beschert sei. Und war ich einmal trüb im Gemüte, so kam mein Vögelchen und pickte so lange an mir, bis ich mit ihm zu schnäbele begann. Auch kann ich mit dem Gelde besser fort als auf dem Lande. Es machte kein Mensch irgendeine Anforderung an mich, so daß ich mich recht schämte, so wenig Gelegenheit zu haben, um Gutes zu tun, und ängstlich dachte, wie das einmal gehen solle, wenn Gott mich frage: ›Und dann du, was hast du getan?‹ Ich muß auch dem Waisenvogt es allemal, wenn er mir Geld bringt, bekennen, daß ich damit weiter komme als im Bohnengschüch, das schenkt er mir nie. Er ist ein guter Mann, aber ich kann nicht helfen, er kommt mir immer vor wie der Bär aus dem Graben. Einmal lud er mich zum Mittagessen ein, aber als es vorüber war, waren sie froh und ich noch mehr, und seither ließ er es sein. Ich glaube nicht, daß ich zehn Worte gesprochen, der Hals war mir wie zugeschnürt, sie redete viel, besonders weltsch, und war eines Weibels Tochter, daneben sehr geputzt. Oh, als ich endlich aus dem Hause heraus war, ich weiß noch jetzt nicht, wie, da war mir, als käme ich aus dem Bärengraben und hätte mein Leben gerettet ganz unerwartet. So dumm war ich in meinem Leben nie gewesen; wenn sie an mir das Maß für die andern Pfarrsfrauen genommen haben, so geschieht diesen bitter Unrecht, aber gottlob, seither erhielt ich keine Einladung mehr und lebte vergnügt mein stilles Leben fort mit rechtem Dank gegen Gott, bis er mich heimsuchte und ich es erfuhr, wie es mit dem Alleinsein nicht gemacht sei, wie dankbar ich jetzt dem Herrn sein müsse, der mir seine Engel sandte zur Stunde, als ich sie bedurfte.‹

So erzählte uns die Frau Pfarrerin in mehr als einem Nachmitta-
ge, denn das Reden machte sie müde und tat ihr doch wohl. In ihrem wahrhaften Stilleben hatte sich doch viel bei ihr angesammelt,
das Herz war ihr voll geworden ihr unbewußt, unsere Teilnahme
erwärmte es, schloß es auf, und sichtlich wurden diese Mitteilungen
ihr zu einem eigentlichen Labsal. Erst jetzt erhielt ihr Leben eine
feste Gestalt, sie konnte es sozusagen ansehen, hatte erst jetzt ihre
Freude daran und ward Gott so recht innig dankbar dafür. Wir
gestunden ihr offen, ein so vergnügt Leben sei uns nie vorgekommen, wir hätten es nicht für möglich gehalten; besondere Glücksfäl-
le kamen wohl nicht vor, aber was hatten sie zu bedeuten gegen ein
andaurend vergnügliches Dasein in gegenseitiger Liebe! So eine
Gabe, nur das Freundliche wahrzunehmen und wohl daran zu leben, bei großer Beschränktheit keinen Mangel zu empfinden, kein
Gefühl zu haben für das Bittere, Giftige im Leben, gehe über alle
Schätze der Welt, sei uns aber in der Größe noch nicht vorgekommen im Leben. Von Mal zu Mal entwickelte sich merklich ihr Geist
und reifte, während wir uns nicht verhehlen konnten, daß der Körper schwächer werde, und der Arzt, der erst die beste Hoffnung
hatte, den Kopf zu schütteln begann. Sie aber schien dieses nicht zu
bemerken, wenigstens wurde sie heiterer, man möchte fast sagen, es
fuhr, besonders in Gesprächen mit der Frau Landvögtin, wie ein
Schimmer von Mutwillen über ihr Wesen hin.

Eines Nachmittags waren wir wieder bei ihr, und wir waren eben
mitten in einer sehr interessanten Gespenstergeschichte, welche die
Frau Landvögtin aus ihrer Familie zum besten gab, als die Frau
Pfarrerin mit allen Zeichen des Schreckens auffuhr und ausrief: ›Um
Gotts wille, drVogt, drVogt! Ich will unter die Decke!‹ und fuhr
runter. ›Schlafen, schlafen!‹ rief die Frau Landvögtin, und so legte
sich die Frau Pfarrerin, statt vollends unterzufahren. Starke Schritte
tönten gegen die Türe, und eine schwere Hand polterte daran. Ehe
ich noch ›Herein!‹ rufen konnte, tat sich die Türe weit auf wie vor
jemand, der gewohnt, hinlänglich Platz zu haben, und unter derselben erschien mein lieber Vetter, blieb verdutzt da stehen, langsam
sich zurechtfindend, ob er wohl am rechten Orte sei. Ich hob war-
nend den Finger in die Höhe, legte ihn auf den Mund. Verwunder-
end erkannte er mich, machte Anstrengungen, auf den Zehen näher
zu kommen, aber vergebliche, mit dem ganzen Fuß mußte er abt-

rappen. Er wollte flüsternd nach der Frau Pfarrerin fragen, er habe vernommen, sie sei krank, aber das ging auch nicht, sein Lebtag hatte er das Flüstern nicht gelernt. Ich gab ihm leise zu verstehen, daß man die Frau nicht wecken dürfe, es sei ein wichtiger Schlaf; aber er hörte nicht mehr gut und wollte mich nicht verstehen. Die Frau Landvögtin machte dazu ihr schlimmstes Gesicht, daß ich mich kaum halten konnte. Er hatte erst vernommen, daß seine Anbefohlene krank sei, und war alsbald gekommen, um Anstalten für den Transport in den Spital zu machen. Als er vernahm, daß die Frau Pfarrerin und jene von der Post Überstoßene die gleiche sei, die Krankheit also von lange her schon, sah er mich giftig an und wunderte sich, daß niemand den Verstand gehabt, an den Spital zu denken. Vermögen sei keins da, ohne Zuschüsse von der Gesellschaft vermöge sie nicht daheim krank zu sein, aber ehe die Gesellschaft etwas zahle, müßten die vorhandenen Hülfsmittel benützt werden. Das könne er nicht verantworten, man hätte es ihm auf jeden Fall sollen sagen lassen, er hätte erwartet, dies fiele mir bei, auch hätte es ihn gefreut, wenn ich selbst gekommen wäre, er hätte lange nicht die Ehre gehabt, mich zu sehen.

Zum Glück merkte er selbst nicht, wie laut sein Flüstern geworden, er hätte sonst gegen den Schlaf der Frau Pfarrerin Verdacht schöpfen müssen, aber sie schien bombenfest zu schlafen; mit dem Gesicht gegen die Wand gekehrt, lag sie so stille da wie gestorben. ›Die gute Frau hatte eine sehr schlimme Nacht, ich bin doch so froh, daß sie einmal wieder recht schlafen kann‹, sagte ich. ›Wenn es der Vetter erlaubt, so komme ich morgen zu ihm und will ihm sagen, warum man sie nicht in den Spital transportierte, und warum es auch noch jetzt nicht geschehen kann.‹ ›Das wird doch sein müssen‹, sagte er, ›das ist nur Meisterlosigkeit, und wer zahlt?‹ ›Enfin, Vetter, morgen um welche Zeit ist es Euch am liebsten?‹ ›Es wird mich freuen‹, sagte er, ›aber an der Sache wird das nichts ändern, Ordnung ist Ordnung; Burger, die nicht Vermögen haben, werden im Spital verpflegt, es hat sich dessen niemand zu schämen. Sie ist eine Burgerin, ist krank, hat nicht Vermögen, also gehört sie ins Spital. Ordnung ist Ordnung, Bäsi, und für die Kranken wird gesorgt wie in wenig Privathäusern, Landvögt wären froh, wenn sie immer diese Abwart hätten.‹

Kaum war die Türe hinter ihm zu, so ließ die Frau Landvögtin ihre Burgerlust über die Hiebe, welche er ausgeteilt, los. So seien die Burger am schönsten, in ihrer Pflichttreue und ihrer Rücksichtslosigkeit bei der Erfüllung derselben. So ein rechter Bernerburger nähmte unbsinnt den Teufel bei den Hörnern, wenn er sich ihm in Weg stellte in Ausübung seiner bürgerlichen Rechte und Pflichten.

Weinerlich drehte sich die Frau Pfarrerin um, der Mutwillen war ganz verflogen. Sie machte sich ein Gewissen mit der Verstellung, aber um alles in der Welt hätte sie kein Lebenszeichen von sich geben dürfen. ›Das gebt mir auf mein Gewissen!‹ sagte die Frau Landvögtin, ›daran trage ich nicht schwer. Späße sind ja wohl erlaubt, besonders wenn sie Ärgernissen vorbeugen, überhaupt Ungutes verhüten, von dem man nachher wollte, es wäre nicht.‹

Am folgenden Morgen machte ich mich auf zum Vetter; er war gar nicht gnädig. Für alle meine Gründe wegem Vögeli, ihrer Schüchternheit, dem Bedürfnis von Stille hatte er gar keine Ohren. ›A bah!‹ sagte er, ›gewöhnt hat sie sich bald, und verpflegt wie dort wird sie nirgends und ohne daß es sie einen Kreuzer kostet.‹ Ich sagte, einstweilen habe sie Geld genug, und lange werde sie es kaum mehr machen. ›Und wenn sie es noch lange macht und kein Geld mehr da ist?‹ frug er. ›Spare sie es jetzt, so kann sie es immer noch später brauchen, wenn es gebraucht sein muß, was aber nirgends geschrieben steht.‹ Nun rückte ich mit der schweren Batterie vor. Bei ihrer Schwäche stünde ich für gar nichts, wenn man sie wider Willen und ohne Not in den Spital transportiere, und ob er es auf sein Gewissen nehmen wolle, wenn er so um nichts und wieder nichts, bloß um etwas zu erzwingen, das nicht nötig gewesen, eine Person töte? ›Bäsi‹, sagte er, ›das verstehn die Frauen nicht; wo man seine Pflicht tut, da hat man sich vor dem Gewissen gar nichts zu fürchten, und Ordnung ist Ordnung. Indessen damit Ihr seht, daß ich nicht eigensinnig bin, so will ich es der Waisenkommission vortragen; was dann die spricht, das geschieht dann, Bäsi.‹ ›Und ich rede mit dem Arzt; und was dann der sagt, das geschieht, Vetter.‹ ›So‹, sagte er, ›also mit der Waisenkommission wollt Ihr es probieren?‹ ›Wenn sie will; aber sie wird nicht wollen. Mein Arzt ist der Frau Pfarrerin Arzt, und der Arzt ist Mitglied euerer Waisenkommission, und jetzt, Vetter, was meint Ihr?‹ ›Ja‹, sagte er, wo die Weiber die Nase in einer Sache haben, da ist es aus mit allem Verstand.‹

Nun, der gute Herr Vetter mußte sich diesmal darein schicken, daß es nach Weiberköpfen ging und nicht nach seinem, es war auch ganz vernünftig so.

Die Frau Pfarrerin schien eine Natur gehabt zu haben von äußerst schwacher Art, die gesund schien, solange die Tage in stiller Einförmigkeit über sie weggingen, die aber harte Stöße nicht zu ertragen vermochte. Auch möglich, daß in ihrem Wesen sich schon lange der Krankheitsstoff eingeschlichen hatte, ohne daß sie es selbst bemerkte, der erst nach den groben eidgenössischen Zärtlichkeiten Bahn erhielt und sich geltend machen konnte. Was es war, weiß ich eigentlich nicht, denn die Ärzte titelieren die Krankheiten nach ihren eigenen Köpfen; was der eine ein Schleichfieber nennt, dem sagt ein anderer Schleimfieber; wissen sie mit etwas nichts zu machen, so sagen sie ihm Grippe, und, was ihrer Kunst den Weg vorläuft, dem sagen sie galoppierende Schwindsucht; den einen plagen die Hirnentzündungen im Traum, andere glauben nur an Herzerweiterungen, die dritten reden bloß noch vom Rückenmark, und wenn ihnen der Verstand ganz stillesteht, so sagen sie, es fehle in den Organen, aber sie könnten in Gottes Namen nicht darüberkommen, in welchem. Daher werde ich mich wohl hüten zu sagen, was die Frau Pfarrerin eigentlich gehabt, damit nicht jeder Arzt sage, das sei nicht wahr, sie hätte dies gehabt oder jenes, oder es sei ein eigentlich gar Nichts gewesen, aber man habe sie offenbar verpfuscht, nur wisse er nicht, wer, ob der Arzt oder die Weiber, wahrscheinlich beide zusammen.

Sie lebte scheinbar auf, doch nur geistig, sie wußte sich viel inniger auszudrücken, ihre Gefühle schienen lebhafter als früher. Sie redete viel von einem Reischen ins Bohnengschüch, sobald sie genesen sei, sie hätte ein recht Heimweh nach ihres guten Manns selig Grab, möchte sehen, wie die Bäume gewachsen, möchte wissen, ob die Leute sie noch kennten, ihrer gedächten. Wenn ich ihr vom Markte was heimbrachte als Geschenk eines Marktweibes, so freute es sie wie ein Kind, sie konnte vor Freude darüber weinen. Allgemach verscholl sie aber auf dem Markte, es wird am Ende alles vergessen, aber um ihr nicht wehezutun, ließ ich sie es nicht merken, sondern brachte ihr fort und fort die Andenken, und ein jedes war eine Labung für sie. Auch diese Täuschung gab ich der Frau

Landvögtin aufs Gewissen, und sie nahm sie gerne. Es gehe zu allem andern, sagte sie.

Am rührendsten war ihre Zärtlichkeit zu ihrem Vögeli. Sobald morgens die Aufwärterin wach war, mußte sie es aus dem Käficht lassen, und den ganzen Tag über entfernte es sich wenig von ihrem Bette und flattierte und schnäbelte, wie ich es noch nie gesehen. Sie stürbe nicht ungerne, sagte sie zuweilen, wenn es sein müßte und das Vögeli nicht wäre. Es ginge niemand auf der Welt übel, wenn sie nicht mehr wäre, als gerade dem Vögeli. Sie wüßte wohl, wir würden es nicht verhungern lassen und es so gut besorgen, als wir es verstanden, aber einmal nun liebe es sie, so könnte es niemand mehr lieben wie sie, daher täte ihr das Sterben fürs Vögeli weh, und in die alte Heimat wäre sie auch gerne noch einmal gewesen, doch an dem hange sie nicht; wie der Herr wolle, sie schicke sich gerne darein.

Es war der Wille des Herrn, daß sie sterbe. Eines Morgens, als eben die Sonne ihr Stübchen vergoldete, schied sie leise, ohne schweren Atemzug; bloß das Vögeli, das auf ihrem Kopfe saß, merkte ihr Scheiden, flatterte ängstlich um ihren Kopf herum, setzte sich auf ihre Achsel, schlug, so laut es konnte, seine Triller, pickte dann und zerrte, als ob es sie wecken wolle, und als es sie nicht wecken konnte, setzte es sich trübselig aufs Hauptkissen, flatterte von Zeit zu Zeit über sie hin, setzte sich, wenn es sie immer so still und unbeweglich sah, wieder ans alte Ort, sträubte schon nachmittags sein Gefieder, und als man es mit Sonnenuntergang wie üblich zSädel tragen wollte, war es schon für immer zSädel gegangen, tot lag es auf ihrer Achsel, wo es im Leben so viel gesessen war; es war seiner guten Herrin nachgegangen, ihre Liebe zu missen vermochte es nicht einen Tag lang. So innig hängt wohl selten der Mensch am Menschen, man vermißt einander wohl, aber selten werden die Herzen wahrhaftig blutig gerissen, geschweige daß sie sterben.

Nun, eine Lücke riß ihr Verlust auch in mein Leben, wie ich sie selten empfunden, und worüber mein Vetter sich nicht wenig ärgerte. Er könne nicht begreifen, was mir da sollte zu Herzen gehen, sagte er, wir seien ja gar nicht verwandt, nicht einmal von der nämlichen Gesellschaft, nicht manchen Monat daure unsere Bekanntschaft, und da sei ein Nötlichtun, das nicht natürlich sei, sondern affektiert, unnatürlich, sentimental, die Herren von der Waisenkommission fänden es auch so und hätten sich sehr aufgehalten darüber.

Beim Mangel an allen Verwandten nahm niemand von ihrem Tode Notiz als die Herren von der Waisenkommission, sie füllten auch die Kutsche, welche hinter ihrem Sarge herfuhr. Ihr Scheiden machte also keinen Lärm auf Erden, ging ganz stille vorüber. Desto größere Freude wird im Himmel gewesen sein bei den Engeln, die schon lange sie kannten und liebten, als sie zu ihnen kam, mit ihnen den Herrn zu loben und zu preisen, wie es nur die reinen Seelen vermögen.«

Eigene Buchreihe oder eigenen Verlag gründen

Seit 2009 bietet tredition sein Verlagskonzept auch als sogenanntes "White-Label" an. Das bedeutet, dass andere Unternehmen, Institutionen und Personen risikofrei und unkompliziert selbst zum Herausgeber von Büchern und Buchreihen unter eigener Marke werden können. tredition übernimmt dabei das komplette Herstellungs- und Distributionsrisiko.

Zahlreiche Zeitschriften-, Zeitungs- und Buchverlage, Universitäten, Forschungseinrichtungen u.v.m. nutzen diese Dienstleistung von tredition, um unter eigener Marke ohne Risiko Bücher zu verlegen.

Alle Informationen im Internet: **www.tredition.de/fuer-verlage**

tredition wurde mit mehreren Innovationspreisen ausgezeichnet, u. a. mit dem Webfuture Award und dem Innovationspreis der Buch Digitale.

tredition ist Mitglied im Börsenverein des Deutschen Buchhandels.

Dieses Werk elektronisch lesen

Dieses Werk ist Teil der Gutenberg-DE Edition DVD. Diese enthält das komplette Archiv des Projekt Gutenberg-DE. Die DVD ist im Internet erhältlich auf **http://gutenbergshop.abc.de**

Zeitfracht Medien GmbH
Ferdinand-Jühlke-Straße 7
99095 Erfurt, Deutschland
produktsicherheit@kolibri360.de